전지적 독자 시점

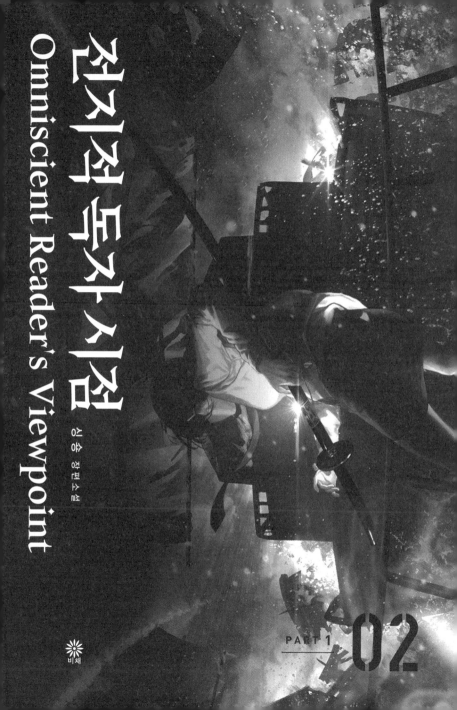

차례

Omniscient
Reader's
Viewpoint

심판의 시간

(2)

Omniscient Reader's Viewpoint

3

다음 날 아침, 금호역에는 몇 가지 변화가 있었다.

먼저, 한명오가 사라졌다.

싸움이 시작될 무렵부터 잘 안 보이기 시작한 한명오는 싸움이 끝난 후 어디론가 자취를 감추었다. 다음 역으로 이동했는지 아니면 역 어딘가에 숨었는지는 알 수 없었다.

"이제 같이 안 다니려나 보죠. 난 처음부터 마음에 안 들었어요. 게다가 그 사람만 사라진 것도 아니고."

정희원 말대로였다. 이제 금호역에 남은 사람은 거의 없었다. 생존 인원이 적어서는 아니었다. 오히려 원작의 어떤 회차보다 많이 살아남았다.

다만, 살아남은 이들 대부분이 어젯밤 사건 이후 역을 떠났다. 아마 저마다 이유가 있을 것이다.

"남은 사람들은 괜찮을까요?"

유상아가 생존자 쪽을 돌아보며 물었다. 나와 유상아, 이현성과 이길영, 그리고 정희원. 이 다섯 명을 제외하고 역에 남은 사람은 고작 다섯뿐. 정희원이 먼저 목소리를 냈다.

"이봐요, 당신들. 우리랑 같이 갈 거예요?"

무심히 던진 한마디에 사람들이 크게 술렁였다. 대표로 나선 것은 아이의 손을 쥔 젊은 여인이었다.

"⋯⋯우리는 따로 갈게요. 코인도 좀 남았고요."

모녀가 그 혈투에서 살아남다니 솔직히 감탄했다. 저 정도 담력이면 우리와 함께 가지 않아도 충분히 생존할 수 있을지 모른다.

정희원도 비슷한 생각인지 고개를 끄덕이며 말했다.

"그래요. 운이 좋길 바랄게요."

정희원이 돌아서자 사람들 표정에 안도감이 돌았다. 그 반응이 이상한 것은 아니었다. 확실히 어제 일이 좀 충격적이기는 했으니까.

이해한다. 하나는 적선을 거부했고, 다른 하나는 이유가 있다곤 해도 무참히 사람을 죽였다. 나나 정희원은 철두파와 크게 다르지 않아 보일지도 모른다.

나는 옆에서 멍청한 표정을 짓고 있는 이현성을 툭툭 건드렸다.

"이현성 씨?"

"아, 넵!"

멍한 얼굴로 정희원을 보던 이현성이 내 말에 화들짝 놀란 얼굴을 했다. 무슨 생각을 했는지 알 것 같았다. 보나 마나 저 여자가 어제 광기에 휩싸여 철두파를 죽이던 그 사람이 맞는지 의심하고 있었겠지.

"준비는 다 끝나셨습니까?"

"넵! 조금 미흡하긴 하지만 대충은 끝냈습니다. 수통으로 쓸 페트병도 챙겼고, 방한용품도 확실하게, 그리고 반합 대신 쓸 만한……."

역시 군인은 이럴 때 편리하다.

"……이상입니다. 혹시 더 필요한 게 있으시면……."

필요한 게 더 있을 리가 없다……라고 말하려 했는데, 문득 떠오르는 게 있었다.

"아, 혹시 휴대용 보조 배터리가 있는지 좀 찾아봐주시겠습니까?"

"배터리 말씀이십니까?"

의아하기도 하겠지. 신호도 안 잡히는 판에 스마트폰 같은 게 있어 봐야 무용하니까. 나는 대충 둘러댔다.

"쓸 곳이 좀 있어서요."

이현성은 찾아보겠다고 말하고는 철두파가 남긴 짐을 뒤지기 시작했다. 이길영과 유상아도 돕겠다며 나섰다. 정희원이 나를 보며 물었다.

"이제 가는 거죠?"

"가야죠."

당연하다는 듯, 같이 가도 되느냐는 질문 따위는 없다. 그게 정희원이란 사람이겠지. 내 입장에서도 환영이다. '멸악의 심판자'는 유중혁조차 탐낼 만한 인재니까.

"물어볼 게 많아요."

"지금은 안 됩니다."

"나 참, 철벽은."

정희원이 주먹으로 나를 툭 쳤다.

[등장인물 '정희원'에게 1,500코인을 받았습니다.]

"이건……?"

"나눈 거예요. 혼자 다 먹기 미안해서. 다른 사람들한테도 줬어요."

무슨 말인지 금방 이해했다. 어제 정희원은 혼자서 철두파 대부분을 살해했다. 즉 이 코인은 놈들이 갖고 있던 것이다.

그런데…… 받기가 좀 떨떠름했다.

"저라면 안 줬을 겁니다."

정희원은 모를 거다. 실은 내가 챙긴 코인이 더 많다는 것을.

"난 독자 씨가 아니잖아요?"

그러고는 주먹으로 내 팔을 몇 번 더 때리더니, 자기 배낭을 메고 터널 쪽으로 걸어가기 시작했다.

"마무리하고 와요. 난 먼저 가서 정리 좀 해놓을 테니까."

"너무 앞서가진 마세요. 혼자서는 위험한 구간도 있습니다."

정희원은 걱정 말라는 듯 손을 휘휘 흔들며 멀어졌다.

[성좌, '악마 같은 불의 심판자'가 당신의 전우애를 좋아합니다.]
[성좌, '심연의 흑염룡'이 음흉하게 웃습니다.]

나는 허공에 떠오른 메시지를 무표정하게 지켜보다 말했다.

'어제 많이 벌었지? 좋겠네.'

답변이 없다. 나는 재차 말했다.

'시치미 떼지 말고 말해. 보고 있는 거 다 아니까.'

―아, 하하하…… 들켰어?

속삭이듯 비형의 목소리가 들려왔다.

'얼마나 벌었어?'

―그게…… 음.

나는 말없이 허공을 노려보았다.

―휴우, 참. 어떻게 또 알아가지고는 그냥 넘어가는 법이 없네. 받아.

[도깨비 '비형'이 당신에게 4,500코인을 주었습니다.]

그럴 줄 알았다. 망할 도깨비 자식.

―성좌들이 후원 시스템을 안 쓰고 나한테 직접 보냈어. 왜인지는 모르겠지만 나중에 전해주래. 아, 그리고 이 메시지도.

뒤이어 폭발적으로 떠오르는 메시지들.

[성좌, '긴고아의 죄수'가 당신의 시나리오에 만족합니다.]

[성좌, '악마 같은 불의 심판자'가 당신의 판단을 애써 납득합니다.]

[성좌, '은밀한 모략가'가 당신의 계략에 흡족해합니다.]

(…)

어쩐지. 이래서 어제 후원 메시지가 안 떴군.

그런 엄청난 일이 벌어졌는데, 생각보다 들어온 소득이 적어서 좀 의아하던 차였다.

[보유 코인: 23,050C]

지난번에 벌어둔 코인 중 상당량을 능력치에 투자했는데도 다시 제법 많이 모였다. 슬슬 또 능력치를 올릴 시간이 다가왔다는 얘기다.

그럼 어디 또 적당히 해볼까.

나는 특성창이 안 열리기 때문에 내가 올린 레벨 값을 정확히 기억해야만 했다. 일단은 중요한 체력부터.

[체력에 1,200코인을 투자했습니다.]

[체력 Lv.12 → 체력 Lv.15]

[육체의 내구도가 증가합니다.]

따로 공격 패시브 스킬이 없으니까 근력도 튼실히 올리고.

[근력에 1,600코인을 투자했습니다.]

[근력 Lv.11 → 근력 Lv.15]

[근육에서 강력한 힘이 솟아납니다.]

민첩은 적당히 피할 수 있을 만큼만.

[민첩에 400코인을 투자했습니다.]

[민첩 Lv.10 → 민첩 Lv.11]

[조금 더 기민하게 움직일 수 있습니다.]

백청강기를 유지해야 하니까 마력도 10레벨은 넘어야 한다.

[마력에 1,200코인을 투자했습니다.]

[마력 Lv.6 → 마력 Lv.10]

[신묘한 기운이 당신의 영혼에 깃듭니다.]

더 올릴 수도 있었지만 일부러 그러지 않았다. 충무로역에 가면 또 코인을 다량으로 쓸 곳이 있기 때문이다. 게다가 지금 사용한 것만 해도 벌써 4,400코인이고…… 벌긴 어렵고 쓰긴 쉽다더니, 다 맞는 말이다. 태생 능력치가 좀 괜찮은 편이면 이렇게까지 많이 들지는 않았을 텐데.

태생 체력이 1레벨이라니…… 멸살법의 조회 수도, 아니 이 길영의 체력도 그것보다는 높았을 거다.

─참, 깜빡했는데 시나리오 추천도 들어왔어. 너 정말 대단하더라. 이대로면 조만간 채널 레벨업도 가능하겠어.

'그래야지.'

다른 화신처럼 배후성의 지원을 받을 수 없기에, 나는 더욱 많은 코인을 모을 필요가 있었다. 아직 내가 비형과 계약한 효과를 충분히 보지 못하는 것은 채널이 소규모인 까닭이었다.

'소수'의 성좌로는 부족하다. 본격적으로 코인을 모으려면, 적어도 '상당수'의 성좌가 들어올 만한 채널을 구성해야 했다. 충무로역에 가면 환경은 금방 갖추어질 것이다.

"다들 준비 끝났으면 출발하겠습니다. 빠뜨리신 거 없죠?"

어느새 모인 일행들이 고개를 끄덕였다. 긴장한 얼굴을 보아하니 모두 어제 일로 깨달음을 얻은 듯했다.

드디어 충무로역을 향한 여정이 시작되었다.

✠ ✠ ✠

시스템 메시지가 떠오른 것은 약수역 쪽으로 가는 철로를 절반쯤 건넜을 무렵이었다.

[두 번째 메인 시나리오가 활성화됩니다.]

〈메인 시나리오 #2 - 조우〉

분류: 메인

난이도: E

클리어 조건: 터널을 주파해 첫 번째 거점 지역의 생존자와 만나

시오.

제한 시간: 없음

보상: 500코인

실패 시: ???

메시지를 보니 본격적이라는 실감이 났다. 첫 번째 메인 시나리오 때와는 달리, 두 번째부터는 '주요 거점 지역'이 존재한다. 정희원이 물었다.

"주요 거점 지역? 어딜 말하는 거죠?"

대답은 필요 없었다. 허공에 추가 메시지가 곧바로 떠올랐으니까.

[다음 '주요 거점'은 '충무로역'입니다.]

"충무로역이면 금방이네요? 세 정거장만 더 가면⋯⋯."

낮은 진동음과 함께 땅강아쥐들이 고개를 내밀었다. 물경

삼십 마리가 넘는 땅강아쥐 떼. 정희원의 안색이 굳어졌다.

"……이걸 세 정거장이나 가야 되네."

이현성이 먼저 앞으로 나섰다.

"제가 전위를 맡겠습니다."

배후성의 지원을 받은 이현성의 '체근민' 합은 이제 37이나 되었다. 나보다 코인도 훨씬 적게 벌었는데 이 정도로 쫓아오다니. 역시 태생 능력치가 높으면 유리한 게 많다. 이럴 줄 알았으면 평소에 팔굽혀펴기라도 해놓는 건데.

"뒤는 제가 맡을게요."

이길영은 아직 종합 능력치는 낮았지만 꾸준한 스킬 훈련을 통해 [다종 교감]을 더욱 유연하게 쓸 수 있게 되었다.

"저한테도 맡겨주세요."

유상아는 마력으로 만든 실을 사용해 땅강아쥐의 움직임을 봉쇄하고 있었다. 공격력은 떨어지지만 종합 능력치만 보면 정희원과 비슷한 정도가 아닐까 싶었다.

"숫자만 많지 생각보다 별거 아닌데요?"

정희원에 대해서는 사실 언급할 필요도 없었다. 이현성보다 종합 능력치는 낮지만, 전용 스킬 하나만으로도 충분히 압도적이니까.

'멸악의 심판자' 전용 스킬인 [심판의 시간].

눈앞의 상대가 성좌들이 판단하기에 명백한 불의不義를 저지르는 '악인'인 한, 정희원은 절대로 지지 않을 것이다.

이윽고 마지막 땅강아쥐가 바닥에 늘어졌다. 곁에서 방패를 들고 있던 이현성이 땀을 닦으며 말했다.

"후…… 이 정도면 할 만한 것 같습니다."

사실 이렇게 쉽게 클리어할 난이도는 아니었다. 땅강아쥐의 패턴이 아무리 단순하다고 해도 삼십 마리면 절대 만만한 숫자가 아니니까. 나조차 [책갈피]를 발동하지 않고서는 혼자 섬멸할 자신이 없었다. 모두 그만큼 강해진 것이다.

얼마나 더 터널 속을 나아갔을까. 마침내 눈앞에 새로운 플랫폼이 나타났다.

"약수역이다! 그런데 아무도 없네요? ……아니, 없는 건 아니네."

약수역은 죽은 사람과 땅강아쥐의 시체로 가득했다. 상흔으로 보아 일부는 땅강아쥐가 아니라 유중혁에게 당한 듯했다.

"계속 갑니다. 이제 두 정거장 남았습니다."

우리는 계속해서 전진했다. 어차피 약수역에서 동대입구역까지는 직선거리로 1킬로미터도 채 되지 않기 때문에, 갈 수 있는 데까지 최대한 많이 가두자는 심산이었다. 동대입구역에 거의 도착했을 무렵 우리는 또 한 번 땅강아쥐 무리와 조우했고, 녀석들을 격퇴했다.

거리로는 총 2킬로미터 남짓을 이동했을 뿐이지만, 싸움이 워낙 고단하다 보니 일행들의 체력은 빠르게 떨어졌다.

"여기서 잠시 쉬었다 가죠."

"어차피 한 정거장 남았는데 그냥 가서 쉬는 편이……."

"가서 쉴 수 있을지 없을지는 아무도 모릅니다."

내 말에 일행들이 입을 다물었다. 이 세계에서 위험한 것은 괴수들만이 아니다. 나는 잠시 주변을 둘러보다가 말했다.

"보니까 이 역 사람들은 급하게 이동한 듯하군요. 생필품 같은 게 남아 있을지도 모릅니다."

"아, 저. 그럼……."

생필품, 이라는 말에 유상아가 살짝 손을 들었다. 유상아와 정희원의 눈이 마주쳤다. 어떤 말도 주고받지 않았는데 두 사람은 동시에 고개를 끄덕였다. 내가 뚱하니 서 있자 정희원이 물었다.

"왜요? 독자 씨도 끼게요?"

"아뇨, 다녀오세요."

저렇게까지 말하는데 무슨 얘기인지 모르면 그게 더 이상하지. 세상이 이 지경이라도 인간의 생리현상은 멈추지 않는다.

때마침 이현성도 입을 열었다.

"개인 정비 시간이면 저도 잠시 화장실에 다녀오겠습니다."

이 판국에 화장실을 가겠다니, 순간 무슨 소리인가 싶었지만 생각해보니 멀쩡히 지어져 있는 화장실을 안 쓸 이유는 또 없었다. 이래서 위급 상황에는 지하철 역으로 대피하라고 하는 모양이다.

"저도 다녀올래요."

거기에 이길영까지. 두 사람이 나란히 걸어가는 뒷모습을 보고 있자니, 나이 차이가 많이 나는 다정한 형제 같았다.

유상아가 나를 보며 물었다.

"독자 씨는 혼자 계시게요?"

"전 잠시 지상에 올라갔다 올 겁니다."

"네? 바깥으로 가면 독 안개가 있을 텐데…… 괜찮겠어요?"

"잠깐 다녀올 거니까요."

내 말에 정희원이 눈을 가늘게 떴다.

"……뭔가 의심스러운데. 밖엔 왜 가는데요?"

"잠시 종교 활동을 할까 해서요."

"종교…… 활동?"

나는 정희원을 잠시 마주 바라보다가 이렇게 말해주었다.

"제가 이래 봬도 제법 독실합니다."

¤ ¤ ¤

잠시 후 나는 동대입구역 6번 출구 앞에 서 있었다.

미리 읽어둔 정보에 따르면 이곳이 확실한데…….

[맹독 안개에 노출됐습니다.]

역시 여기까지도 시독 코뿔소의 영향이 미치는 모양이다.

이번에는 '엘라인 원숭이의 허파'를 구입하지 않아서 빠르게 일을 처리해야 했다. 나는 숨을 참은 채 동국대학교로 이어진 에스컬레이터를 뛰어 올라갔다. 이윽고 청회색빛 광택이 도는 동상 하나가 나타났다.

[거적을 걸친 한 성좌가 당신의 행동에 기대감을 표합니다.]

동상은 조선 중기를 살았던 한 스님의 모습을 본뜬 것이었
다. 낡은 장포長袍에 커다란 죽장을 든 스님의 얼굴에선, 동상
임에도 알 수 없는 기품 같은 것이 느껴졌다.

나는 동상 밑에 세로로 쓰인 이름을 확인했다.

유정惟政 사명대사상四溟大師像.

좋아, 맞군. 아직 아무도 찾아온 흔적도 없고.

나는 동상 앞에 서서 합장을 했다.

[거적을 걸친 한 성좌가 당신의 행동에 기뻐합니다.]
[100코인을 후원받았습니다.]

이어서 망설이지 않고 백청강기로 '신념의 칼날'을 발동했다.

[거적을 걸친 한 성좌가 당신의 행동에 의아해합니다.]

그리고 그대로, 사명대사 동상을 반으로 갈라버렸다.

[거적을 걸친 한 성좌가 당신의 행동에 경악합니다!]

4

몇 분 후, 나는 다시 동대입구역으로 내려와 땅강아쥐 고기를 으적으적 뜯고 있었다. 맹독 안개에 오염된 피부를 치유하기 위해서였다. 시간은 좀 걸리지만 이 정도 오염은 지하종 고기를 먹는 것만으로도 회복된다.

—야! 정신 나갔어? 무슨 짓을 하고 다니는 거야?

지금 내 귓가에는 노발대발하는 비형의 목소리가 들리고 있었다.

'시끄러워.'

—이건 그냥 넘어갈 문제가 아니라고! 성좌의 우상偶像을 그런 식으로 파괴하다니! 채널 망하는 꼴 보고 싶어? 저 '대머리 의병장義兵將'이 악평이라도 떠들기 시작하면……!

성좌의 우상. 어느 세계에나 성좌는 있고, 한국에도 있다.

그나저나 수식언이 '대머리 의병장'이라니. 위인인데 너무 한다 싶었지만, 사실 내가 그런 말을 할 계제는 아니지.

[거적을 걸친 한 성좌가 당신의 만행에 분노하고 있습니다.]
[성좌, '긴고아의 죄수'가 낄낄거립니다.]
[극소수의 성좌가 당신의 뻔뻔함에 감탄합니다.]

모든 우상에는 정도 차이는 있지만 성좌의 힘이 봉인되어 있다. 만약 올바른 방법으로 우상의 봉인을 해제한다면, 화신체는 그 성좌가 생전 사용했던 힘— 즉 아이템이나 스킬을 일정 확률로 얻을 수 있게 된다. 다만 '봉인 해제'는 시간도 오래 걸리고, 그걸로 내가 원하는 스킬을 얻을 수 있을지 확신도 없다. 나는 스마트폰에 띄워놓은 멸살법 파일을 바라보았다.

「"하지만 사명대사 동상에는 봉인이 걸려 있었을 텐데, 어떻게 스킬을 얻은 거야?"

"부처를 만나면 부처를 죽여라, 라는 말이 있죠."

"뭐? 너 설마……."

"하하, 시험 삼아 해본 건데 그게 되더라고요. 사실 그렇잖아요. 동상이란 건 전부 우상 숭배라고요."」

충무로로 진입하기 위한 마지막 관문에서 사명대사의 '스킬'은 꼭 필요하다. 그리고 스킬을 얻을 수 있는 가장 확실한 방법은 우상 자체를 파괴하는 것. 물론 '도깨비 보따리'로 비슷한 걸 사는 방법도 있겠지만…… 코인은 아낄수록 좋은 거니까.

"종교 활동은 잘 다녀왔어요? 절? 성당?"

나는 재빨리 스마트폰 화면을 껐다. 어느새 정희원을 비롯한 일행이 모여 있었다.

"여러분께 드릴 게 있습니다."

"뭔데요? 십자가 같은 거면 사양할게요. 전 무교라서."

나는 장난치듯 말하는 정희원 앞에 가져온 아이템을 주섬주섬 꺼내놓았다.

운 좋게도, 사명대사의 우상은 스킬뿐만 아니라 아이템까지 토해냈다.

[사명대사의 염주]
[사명대사의 거적]

넝마 같은 장포와 낡은 염주. 일행들 눈에 의문이 깃들었다. 무슨 생각을 하는지 알 법했다. 하지만 이 세계에서는 '낡은 것'일수록 '훌륭한 것'일 확률이 높다.

"보기엔 이래도 좋은 아이템입니다. 위인의 유품이니까."

"위인이요?"

"사명대사라고 아십니까?"

[거적을 걸친 한 성좌가 당신의 행동에 멈칫합니다.]

정희원이 멍청한 얼굴로 물었다.
"……그게 누구예요?"

[거적을 걸친 한 성좌가 화신 '정희원'에게 기함합니다.]

"아! 저 알아요!"
다행히 아는 사람이 있다. 말할 필요도 없이 유상아였다.
"한국사 자격증 공부할 때 봤어요. 조선 중기의 승려죠?"
"네, 맞습니다."
"임진왜란 때 적군과 싸워 한반도를 지키셨다는…… 노원평 전투와 우관동 전투!"
과연 유상아다. 나도 한국사 공부는 했지만 저런 것까지는 모르는데.

[거적을 걸친 한 성좌가 인물 '유상아'에게 감동합니다.]

나는 고개를 끄덕이며 말했다.
"아무튼 이 아이템엔 그분의 힘이 깃들어 있습니다."
"……정말요?"
"뭐야, 진짜잖아!"
아이템 정보를 확인한 정희원과 이현성이 깜짝 놀란 표정을 지었다.

"독자 씨는 이건 또 어떻게 알고 얻어 오셨습니까?"

"그냥, 혹시나 싶어서 사명대사 동상에 합장했더니 하늘에서 이런 게 떨어지더군요."

"그럴 리가……."

내가 생각해도 말도 안 되는 개소리였지만, 사람이 말도 안 되는 말을 지껄일 때는 다 이유가 있는 법이다. 나는 짐짓 엄숙한 투로 일행들을 보며 말을 이었다.

"제 생각엔 사명대사님이 한국을 위해 보내준 물건이 아닌가 싶습니다."

"아……."

일행들의 '아'에는 많은 의미가 담겨 있었다. 나는 애써 무시하고 말을 이어갔다. 어차피 이 사람들 들으라고 하는 얘기도 아니었다.

"임진왜란 때처럼 이번에도 나라를 구하기 위해 자신의 유품을 전해주신 건지도 모릅니다. 어쨌거나 지금의 한국도 국란國亂을 겪는 것과 마찬가지니까요."

[거적을 걸친 한 성좌가 당신의 언변에 뭉클해합니다.]

그리고 국란의 시기에는 언제나 사기꾼이 득세하는 법이다.

"……이런 세상이니까 그런 일이 벌어져도 이상하진 않겠네요. 어쩌면 사명대사님도 '성좌' 중 하나일지 모르겠어요.

그렇죠?"

　놀랍게도 유상아가 제일 먼저 납득한 기색을 보였다. 아마
도 내가 무안할까 봐 선수 쳤겠지. 우습게도, 유상아가 수긍하
자 단순한 이현성이 곧바로 납득해버렸다.

　"사명대사님……."

　새삼스레 애국심이 돋았는지 이현성은 당장 육군 복무신조
라도 읊을 듯한 표정이었다. 이길영도 신기해하는 눈치였다.

　말도 안 된다는 듯 나를 흘겨보는 사람은 정희원뿐이었다.

　[거적을 걸친 한 성좌가 자신의 수식언을 드러냅니다.]

　[성좌, '대머리 의병장'이 당신의 죄를 용서합니다.]

　'이제 됐지?' 하는 표정으로 하늘을 보니 비형이 어이없다
는 표정을 짓고 있었다.

　성좌의 힘과 재력은 유명세와 직결된다. 그래서 어떤 성좌
든 이런 식으로 자신의 이야기를 퍼뜨리는 걸 무척 좋아한다.
대놓고 찬양하는데 싫어할 성좌가 어디 있겠어.

　"염주는 사명대사를 알고 계시던 유상아 씨에게 드리죠."

　"정말요? 제가 받아도 돼요?"

　"사명대사님도 유상아 씨가 쓰면 기뻐하실 것 같습니다."

　사실 '사명대사의 염주'는 성좌가 쓰던 것치고는 성능이 좋
지 않았다. 성좌가 썼다고 다 성유물이 되는 것도 아닌 데다,
아무래도 사명대사가 세계적으로 위명을 떨친 인물이 아닌

것도 영향을 미쳤겠지.

그래도 나름 B급 아이템이고, 마력 회복 증가에 항마력을 키워주는 보조 옵션도 붙어 있다.

옆에서 부럽다는 듯 유상아를 보던 정희원이 말했다.

"유상아 씬 아는 거 많아서 좋겠다. 난 학교 잘 안 나가서 그런 거 잘 모르는데."

"아…… 그…… 저기."

"농담이에요, 농담. 그런 표정 짓지 마요."

나는 뾰로통해진 정희원을 향해 말했다.

"정희원 씨 것도 있습니다."

"그 거적은 아니겠죠?"

"네. 맞습니다."

"됐어요. 아무리 급해도 그런 건 안 입을래요."

"그러지 말고 입어보시죠. 없는 것보단 나을 겁니다."

잠깐 망설이던 정희원이 거적을 조심스레 걸쳤다. 나름 멋을 부리려 노력하는 모습이었으나 사실 어떻게 봐도 그냥 거지발싸개였다.

[독식을 좋아하는 한 성좌가 당신의 행위를 비난합니다.]
[우애를 찬양하는 한 성좌가 당신의 행동을 좋아합니다.]

성유물인 '사명대사의 죽장'이 나왔다면 당연히 내가 가졌겠지만, 다른 두 아이템은 지금 당장 필요한 것이 아니었다.

지하철 스크린 도어에 이리저리 자신의 모습을 비추어 보던 정희원이 조금 복잡한 얼굴로 말했다.

"뭔가 잘 설명하긴 힘든데…… 갑자기 기운이 마구 샘솟는데요."

'사명대사의 거적'은 화신의 정의감과 의지력을 고양시키는 아이템이다. 나한테는 별 필요 없지만, 매사에 열혈인 정희원에게는 꽤나 쓸 만할 것이다.

"사명대사라고 했죠? 이름 기억해둬야지."

[성좌, '대머리 의병장'이 상황을 흐뭇하게 바라봅니다.]
[100코인을 후원받았습니다.]

나는 농담 삼아 말해주었다.

"가서 합장이라도 하고 오시죠. 감동받은 사명대사님께서 뭔가 더 내려주실지도 모르잖습니까."

¤ ¤ ¤

농담이었는데 정희원은 정말로 합장을 하고 왔다. 맹독 안개에 노출되는 바람에 중독에 걸린 정희원이 곁에서 땅강아지를 열심히 뜯으며 말했다.

"근데 누가 다 부숴놨던데. 독자 씨가 한 건 아니죠?"

"……."

"……독자 씨?"

"그보다 슬슬 준비하시죠. 곧 충무로역이니까요."

나는 캄캄한 터널을 바라보며 말했다. 이길영의 [다종 교감]을 이용해 안전하게 한 걸음 한 걸음 옮겨 온 지 벌써 이십여 분이 흘렀다.

동대입구역에서 충무로역까지 직선거리가 1킬로미터가 안 되는 것을 감안하면, 슬슬 '그게' 나타날 때가 되었다.

[새로운 서브 시나리오가 도착했습니다!]

역시, 생각하기가 무섭군.

"모두 뒤로 물러나세요."

〈서브 시나리오 - 환영 감옥〉

분류: 서브

난이도: D~F

클리어 조건: 제한 시간 내에 환영 감옥에서 탈출하시오.

제한 시간: 1시간

보상: 300코인

실패 시: ???

[서브 시나리오 - '환영 감옥'이 시작됩니다!]

그 '유중혁'도 여기에서는 제법 고전했을 것이다.

이 시나리오는 회귀자에게 아주 위험한 함정 중 하나니까.

유상아가 물었다.

"환영 감옥? 이게 뭘까요?"

묻지 않아도 알게 될 것이다.

"옵니다. 다들 정신 똑바로 차리세요."

말이 채 끝나기도 전에, 희뿌연 안개 같은 것이 잔뜩 몰려왔
다. 터널을 점령한 안개는 시야를 순식간에 차단했다. 가까이
에 있는 일행들조차 보이지 않았다. 사위를 둘러봐도 마치 약
에 취한 듯 온통 일그러져 보일 뿐.

"으앗…… 토할 것 같아."

정희원이 비명을 질렀다. 아마 정희원은 지금 내가 보는 것
과 다른 것을 보고 있으리라.

「독자야.」

듣기 싫은 목소리. 줄곧 잊고 있던 이의 목소리가, 약에 취
한 듯한 풍경 속에서 들려왔다. 내가 이 정도라면 다른 일행들
은 더욱 심하겠지.

"……뭔가 기분이 이상합니다. 독자 씨! 거기 계십니까?"

"독자 씨! 독자 씨!"

일그러진 시야 속에서 일행들의 목소리가 점차 멀어져갔다.

[환영 감옥].

사람의 트라우마를 건드려 광기로 이끄는 공간.

「독자야, 너는 아무것도 못 본 거야. 알겠지?」

풍경이 뭉개지며 어떤 이의 얼굴이 떠올랐다. 나는 가만히 허공을 노려보다가 씁쓸히 웃었다. 마치 이것이 현실임을 부정하듯이.

[전용 스킬, '제4의 벽'이 발동합니다!]

[스킬의 효과로 '환영 감옥'에 대한 면역이 발생합니다.]

마음이 편안해짐과 동시에 불편한 감각이 사그라졌다.

[성좌, '은밀한 모략가'가 당신의 정신력에 감탄합니다.]

[100코인을 후원받았습니다.]

[호기심 가득한 한 성좌가 당신의 기억을 엿보지 못해 아쉬워합니다.]

환영 감옥의 힘이 약해지자 주변에서 기척이 느껴졌다.

"모두 진정하고 천천히 심호흡을 하세요."

환영 감옥에 빠지면 이지를 상실하고 주변을 향해 광기를 쏟아낸다. 그래서 환영 감옥에서는 바로 옆에 있는 동료가 가장 위험한 존재다. 유중혁이 혼자서 행동을 개시한 배경에는 이 감옥에 대한 우려도 있을 것이다.

"이, 이병 이현성! 잘 못 들었습니다?"

"잘못했어요. 잘못했어요, 엄마!"

"이… 이 개 같은 새끼들아!"

벌써 늦었나. 광기에 휩싸인 일행들의 절규가 들려왔다. 하지만 모두 그런 것은 아니었다.

"……독자 씨?"

순간, 환영 감옥 속에서 유상아의 모습이 드러났다. 손목에 낀 '사명대사의 염주'가 환하게 빛을 뿜었다. 다행히 효과가 있군.

나는 유상아에게 다가가 말했다.

"주변 엄호해주십시오. 지금부터 이 공간을 파괴할 겁니다."

유상아는 긴장한 표정으로 고개를 끄덕였다.

[전용 스킬, '파마破魔 Lv.1'를 발동합니다.]

파마. 코인으로 구입할 수 있는 스킬인 퇴마退魔보다 한 단계 상위의 스킬. 굳이 사명대사의 동상을 부순 것은 이 스킬 때문이었다.

[전용 스킬, '파마 Lv.1'가 '환영 감옥'을 해제합니다.]

과연 사명대사가 쓰던 스킬이라 그런지 효과가 직방이다. 퇴마를 구입했다면 해제하는 데 일 분은 걸렸을 텐데. 안개가 물러가고 환영 감옥이 사라지자 일행들의 모습이 하나둘 보이기 시작했다.

"우, 우리의 결의! 우리는 국가와 국민에 충성을 다하는 대한민국 육군이다!"

"으…… 으…… 엄마."

무슨 트라우마인지 한눈에 알 수 있는 광경이었다. 이현성은 머리를 바닥에 박은 채 엎드려 있었고, 이길영은 무릎에 머리를 박은 채 벌벌 떨고 있었다. 유상아가 먼저 나섰다.

"현성 씨? 길영아! 다들 정신 차리세요!"

순간, 뒤쪽에서 눈먼 칼날이 날아들었다. 다행히 빠르지 않아서 피하기도 어렵지 않았다.

"……다 죽여버릴 거야."

정희원이 미친 사람처럼 허공을 노려보며 검을 치켜들고 있었다. 서서히 붉어지는 정희원의 눈동자를 보자 가슴이 철렁했다.

위험했다. [귀살]의 징조였다.

퍽!

나는 수도로 정희원의 뒷목을 강하게 쳐서 기절시켰다. 다행히 정희원은 그대로 뻗었다. 혹시나 이런 일이 있을까 봐 '사명대사의 거적'까지 준 건데, 정희원의 정신상태가 예상보다도 허약한 모양이었다.

"유상아 씨, 정희원 씨를 좀 부탁드립니다."

"네."

"아직 끝난 게 아니에요."

[서브 시나리오의 클리어 조건을 충족했습니다!]

[300코인을 획득했습니다!]

클리어 메시지가 떠오르자마자 눈앞에 괴물들이 등장했다. 엑토플라즘Ectoplasm을 연상시키는, 흐물흐물한 형태의 괴생물체.

8급 유령종, 스펙터.

환영 감옥을 만들어낸 범인은 바로 이 스펙터 무리였다. 나는 백청강기를 사용해 '신념의 칼날'을 발동했다.

꿔이이익!

다행히 전투 자체는 어렵지 않았다. 애초에 스펙터는 '환영 감옥'만 파훼할 수 있다면 어렵지 않은 괴수니까. 소름 돋는 괴성과 함께 스펙터 무리가 모두 소멸했다.

[스펙터의 영석].

이것도 나중에 유용한 아이템이었지. 나는 떨어진 영석을 주머니에 집어넣었다. 유상아 덕택인지 일행들은 빠르게 정신을 회복하고 있었다.

"다들 괜찮으십니까?"

가장 회복이 빠른 사람은 역시 단순한 이현성이었다. 자초

지종을 들은 이현성이 한숨을 내쉬며 고개를 숙였다.

"감사합니다. 정말 큰일을 치를 뻔했군요. 또 독자 씨에게 신세를 졌습니다."

"아닙니다."

"머리가 아파요……."

이길영은 자기 머리를 계속 통통 두들겼다. 나는 이길영의 머리를 가만히 감싸주었다. 괜찮은 척하지만, 아마 이 자리에서 가장 끔찍한 트라우마는 이 아이의 것일 터다.

멀리서 어슴푸레한 빛이 들어오는 게 보였다. 유상아가 말했다.

"독자 씨, 다 온 것 같아요."

나는 잠시 고민했다. 정희원은 기절했고, 다른 이들도 전력을 발휘하기 어려운 상황이다.

이대로 진입해도 괜찮을까?

그러나 내 고민은 다른 이에 의해 해결되었다.

어둠 속에서 불쑥 모습을 드러낸 칼날. 그러나 해하려는 의도가 없는, 순수한 위협용 움직임이었다.

"당신들 뭐야? 이 구역은 우리 사냥터인 거 몰라?"

희미한 빛이 들어오는 입구에 장도長刀를 쥔 여자아이가 서 있었다. 열일곱쯤 되어 보이는 앳된 얼굴에 눈에 익은 교복.

명찰을 감추려는 듯 후드 집업을 걸쳤지만 눈에 띄는 외모마저 가리지는 못했다.

"앗, 저 애는……!"

눈썰미 좋은 유상아가 제일 먼저 알아보았다.

나 역시 그녀를 알고 있었다.

왜냐하면 그녀 또한 멸살법 속 주요 조연 중 하나니까.

태풍여고의 유일한 생존자, 이지혜.

유중혁이 무리해서 충무로역까지 직행한 이유이기도 했다.

"……당신들 혹시 스펙터를 처치하고 온 거야?"

내 손에 쥐어진 영석을 발견하고는 이지혜가 깜짝 놀란 표정을 지었다.

"대체 어떻게…… 그건 우리 사부밖에 못 잡는 건데?"

나는 곧바로 스킬을 발동했다.

[전용 스킬, '등장인물 일람'을 발동합니다!]

〈인물 정보〉

이름: 이지혜

나이: 17세

배후성: 해상전신海上戰神

전용 특성: 상처받은 검귀(희귀)

전용 스킬: [검술 연마 Lv.3] [귀살 Lv.1] [절대감각 Lv.2] [귀신
걸음걸이 Lv.1]

성흔: [해상전투 Lv.1] [대군지휘 Lv.1]

종합 능력치: [체력 Lv.13] [근력 Lv.12] [민첩 Lv.13] [마력
Lv.9]

종합 평가: 자신의 가장 가까운 친구를 죽여 '상처받은 검귀'로
진화한 케이스입니다. 해당 인물의 배후성이 당신과 당신의 동
료들에게 호감을 가지고 있습니다.

* 현재 '스타터 팩'을 적용 중입니다.

역시 이변은 없었다.

해상전신.

예정대로 이지혜가 그 배후성을 가져갔다. 훗날 있을 해상
전쟁에서 이지혜는 반드시 필요한 존재다.

[성좌, '대머리 의병장'이 오랜 전우戰友와의 해후에 감동합니다.]

[이지혜의 배후성이 '대머리 의병장'을 반갑게 맞이합니다.]

열차도 다니지 않는 지하에서 희미한 바람이 느껴졌다. 드
문드문 불어오는 바람에 흩날리는 이지혜의 머리카락을 보

며, 나는 새삼 깨달았다.

[메인 시나리오 #2 - '조우'가 종료됐습니다!]
[보상을 정산합니다.]

그래, 마침내 도착했다.
이곳 충무로역에.

07
Episode

건물주

1

우리는 이지혜를 따라 곧장 충무로역으로 진입했다. 스크린 도어가 박살 난 플랫폼을 본 유상아가 말했다.

"분위기가 흉흉한데요."

3호선 철로를 따라 위쪽으로 올라서자, 모여 앉아 두런두런 이야기 나누는 사람들이 눈에 띄었다.

[충무로역에 진입했습니다.]

[현재 세 번째 시나리오가 진행 중입니다.]

[#GIR-8761 채널이 활성화 중입니다.]

[#BIR-3642 채널이 활성화 중입니다.]

충무로역부터는 시나리오 규모가 커져서 도깨비들의 채널

도 늘어난다. 이제부터 비형 녀석도 고생 좀 하겠군.

　마침 우리를 발견한 몇몇 중년 남성이 손을 흔들면서 다가왔다.

　"오, 꼬마 사무라이. 신입 데려온 거야?"

　"어."

　사무라이라니. 이지혜의 배후성을 모르니 잘도 그런 소리를 지껄이는 거겠지.

　"아저씨 또 술 처먹었어?"

　"하하핫! 세상이 이 꼴이 됐는데 술 말고 할 게 뭐 있겠냐?"

　복덕방 아저씨처럼 푸근한 몸집의 중년 남성들은 재난 사태를 겪는 사람답지 않게 여유로웠다. 게다가 당연하다는 듯 하나씩 차고 있는 병장기들.

　확실히 금호역과는 다르다. 이제부터 진짜배기라는 거겠지.

　"근데 그쪽 친구들은 동대 터널 뚫고 온 거야? 대단한데…… 코인 좀 만졌겠어?"

　중년 남성 중 하나의 시선이 유상아를 향했다.

　"거기 아가씬 이름이 뭐야? 싼 방 있는데 하나 빌려줄까?"

　"……방이요?"

　"하하, 아가씬 아직 여기 시스템 잘 모르지? 여긴 말야─"

　이지혜가 말을 잘랐다.

　"아저씨들. 신입한테 헛수작 부리지 말고 그만 올라가."

　"어허, 어차피 이분들도 아셔야지. 전부 다 살려고 이러는 건데……"

"뒈지기 싫으면."

새파란 장도를 뽑은 이지혜의 말에, 중년 남성들의 안색이 창백해졌다.

"어린것이 벌써부터 못된 것만 배워먹어서는……."

"어이, 강 씨. 그만하고 가세."

중년 남성들은 아쉽다는 투로 이쪽을 돌아보며 멀어졌다. 그들이 4호선 환승길로 사라진 후에야 이지혜는 칼을 집어넣었다.

"데려다줬으니 이제부턴 알아서 해. 보모 노릇은 사절이야."

어린애가 말하는 싸가지하고는.

나는 잠시 주변을 둘러보았다. 충무로역. 세 번째 시나리오의 무대가 되는 이곳은, 지금까지와는 완전히 다른 법칙이 통용된다.

"저, 저리 꺼져! 가까이 오면 다 죽여버릴 거야……."

3호선 플랫폼 중앙에서 나이프를 든 사내가 위협적으로 주변을 쏘아보고 있었다.

발밑에는 대략 1평이 조금 넘을 법한 크기의 타일이 펼쳐져 있는데, 타일 표면에는 초록색 불빛이 감돌았다. 유상아가 물었다.

"왜 저러는 거죠?"

"저도 모르죠."

사실 뭔지 짐작은 가지만, 벌써 일행들에게 겁을 줄 필요는 없다.

3호선 곳곳에는 나이프 사내와 비슷한 행색의 사람들이 주저앉아 있었다. 방금 전 중년 남성들과 달리, 하나같이 절망에 젖은 얼굴. 나는 그들을 일별하며 이지혜에게 물었다.

"유중혁도 여기 있지?"

'유중혁'이라는 이름에 이지혜가 휙 고개를 돌렸다. 경계심이 깃든 눈빛이었다.

"…너 뭐야?"

말하는 꼴을 보아하니 유중혁이 벌써 애를 망쳐놓았군. 이해는 간다. 해상전신급 성좌는 한국 전체를 뒤져도 찾기 어려우니까. 내가 유중혁 입장이라도 충무로역에 오자마자 얘부터 찾았을 것이다.

"난 살아 돌아온 유중혁의 동료다."

"동료? 그럴 리가 없는데?"

몹시 의심스럽다는 눈빛으로 이쪽을 보는 이지혜. 나는 뻔뻔하게 어깨를 으쓱했다.

"녀석한테 그렇게 전하면 알아들을 거야. 유중혁 지금 어디 있어?"

"…사부는 지금 없어."

"그래? 이거 곤란한데. 꼭 전해야 할 말이 있거든."

눈썹을 일그러뜨린 이지혜는 잠시 나를 노려보더니, 뭔가 배신감에 가득 찬 표정을 했다.

그것참, 이 녀석이 유중혁을 어떻게 생각하는지 아주 잘 알겠다. 게다가 벌써 '사부'라니…… 이런 식으로 장군님을 빼앗기면 곤란한데.

이지혜가 한쪽 구석에서 쪼그린 채로 잠을 청하던 소년을 불렀다.

"야, 너!"

"네, 넵!"

"여기 이 사람들 잘 보고 있어! 나 사부한테 좀 갔다 올게."

소년이 어리둥절한 눈으로 우리를 보았다.

"저 사람들 누군데요?"

"몰라, 사부 친구래!"

이지혜의 말에 플랫폼 주변에 늘어져 있던 사람들이 고개를 돌렸다. 절반은 신기하다는 눈빛으로, 또 절반은 경외심 어린 눈빛으로 우리를 보았다.

"유중혁 씨 친구라고?"

헐레벌떡 뛰어온 소년이 우리 앞에 얼굴을 내밀었다. 대충 이지혜 또래로 보였다.

"정말 유중혁 씨 친구분 되시나요?"

말똥말똥. 해맑은 눈을 보고 있으려니 도저히 거짓말을 할 수가 없었다. 어디까지나 보통 사람이라면 그랬을 거라는 얘기다.

"절친한 친굽니다."

요즘 생각하건대 난 아무래도 '보통 사람'은 아닌 것 같다.

적어도 여기서만큼은 말이다.

⌘⌘⌘

기절한 정희원을 유상아가 돌보는 동안, 나는 소년에게서 충무로역에 관한 이야기를 들었다.

녀석은 이지혜와 함께 유중혁을 따르는 소수 추종자 중 하나였다.

"……그래서 저희는 유중혁 씨를 따르고 있습니다. 저, 듣고 계신가요?"

"네."

물론 제대로 안 듣고 있었다. 사이코패스 유중혁의 영웅담 따위 하나도 재미없으니까. 그래도 요약하자면 이런 것이다.

"삼 일 전 유중혁이 여기에 나타났고, 괴물 떼에게서 이지혜를 비롯해 몇 명을 구해줬다. 뭐 그런 이야기 아닙니까?"

경험담이 폭력적으로 요약당하자 소년은 완전히 얼빠진 얼굴이 되었다.

"어, 그게 그렇게 간단한 이야기가 되나요……."

아무래도 단단히 유중혁한테 홀린 표정이었다.

하긴 갑자기 압도적인 무력을 가진 존재가 나타나 자기들을 구원해주었는데, 그를 추종하지 않는다면 그게 더 이상한 일이겠지.

하지만 소년은 모를 것이다. 자신이 죽지 않은 것은 유중혁이 착한 놈이어서가 아니라, 운 좋게 이지혜와 같이 있었기 때문이라는 사실을.

"저, 몇 가지 궁금한 게 있는데 물어봐도 되겠습니까?"

내가 생각에 잠긴 사이 이현성이 공손히 질문을 시작했다.

"예. 물어보세요."

"이곳 식량 보급은 어떻게 하고 있습니까?"

"그게, 보급이라 말하기는 좀 민망한데…… 저를 비롯한 몇몇은 주로 지혜한테 의존하고 있어요. 지혜가 사냥하고, 유중혁 씨한테 부탁해서 조리하는 식으로……."

언제 또 체크리스트를 만들었는지, 주섬주섬 노트를 꺼낸 이현성이 뭔가를 기록하기 시작했다. 누가 군인 아니랄까 봐.

"그럼 식수는 어떻게 하고 있습니까?"

"위층 '건물주 연합'에 식량이나 코인을 주고 조금씩 바꿔오고 있어요."

"…건물주 연합?"

나는 자세를 고쳐 앉았다. 이야기가 이제 좀 재미있어지려는 모양인데. 소년은 살짝 머뭇거리다 입을 열었다.

"원래 충무로 일대를 주름잡던 건물주 아저씨들이 있어요. 그 사람들이 위층을 차지하고 있는데, 우리는 건물주 연합이라고 불러요."

충무로 건물주 연합. 멸살법에도 등장하는 이름이다.

"어떤 사람들이죠?"

"그게, 뭐라고 말씀드려야 할지……."

사실 물어볼 필요도 없었다. 내 예상대로라면, 지금 충무로역을 휘어잡고 있는 것은 '십악+惡' 중 하나일 것이다.

"그냥 건물주들이에요."

한숨을 쉬며 나온 대답은, 어떤 의미에서는 정답이었다. 그들은 건물주다. 그저 정해진 세를 받을 뿐인 건물주. 조용히 있던 이길영이 입을 연 것은 그때였다.

"저기, 형."

"응?"

"화장실 가고 싶어요."

"급해?"

"네."

조금 뜬금없는 타이밍이었다. 애초에 이길영이 이런 일로 말을 건 적이 없기 때문에 더욱 의아했다. 그런데 이길영 바로 옆에 유상아가 얼굴을 붉히며 서 있었다.

"…저기, 저도 같이 다녀와도 될까요?"

순간 약수역에서 생필품을 챙기던 유상아와 정희원의 모습이 떠올랐다. 뭐가 어떻게 된 일인지 알 것 같았다. 이길영 이 자식, 어린애가 눈치도 빠르다. 대화를 엿듣던 소년이 말했다.

"화장실은 지하 2층까지 올라가야 하는데, 들어가기 쉽지 않으실 거예요."

"무슨 일이 있습니까?"

"음. 직접 가보시는 게 좋을 것 같은데…… 마침 저도 올라가보려고 하니까, 같이 가시겠어요?"

"가보죠, 한번."

그 말을 한 것은 나였다. 물론 진짜로 화장실을 가기 위함은 아니고, 올라가서 몇 가지 확인해봐야 할 게 있었기 때문이다.

유중혁의 행보는 내가 아는 '3회차'와는 묘하게 전개가 다르다. 그렇다면 그 차이가 뭔지 확실히 알 필요가 있었다. 나는 여전히 정신을 못 차리는 정희원을 업고 일행들과 함께 지하 3층으로 올라갔다.

"오, 아까 그 뉴페이스들이군. 혹시 '방' 보러 오셨나?"

4호선 에스컬레이터 근처에 서 있던 중년 남성들이 휘파람을 불며 물었다. 소년이 고개를 저으며 답했다.

"아, 죄송합니다. 저흰 잠깐 위층에 볼일이……."

"에잉, 아쉽네. 조심들 하라고."

중년 남성은 미련 없이 손을 흔들어주었다. 멀어지는 그들을 보며 고개를 갸웃거리던 유상아가 물었다.

"저…… 아까부터 '방'이라는 단어를 쓰는데, 정확히 뭘 말하는 건가요? 제가 아는 그 방은 아닌 것 같은데."

"쉽게 말하면 저겁니다."

소년이 가리킨 곳에는 정사각형으로 된 타일이 깔려 있었다. 아까 3호선 플랫폼에서 본 것과 같은, 1평이 좀 넘을 법한 크기의 초록빛 타일. 자세히 보니 타일 위쪽 허공에 뭐라고 적혀 있었다.

[그린 존 0/1]

"시나리오상 명칭은 '그린 존'인데, 여기선 '방'이라 불러요."

타일 바로 곁에서 두 남자가 드잡이를 벌이고 있었다. 마치 그 타일을 두고 싸우기라도 하는 것처럼. 이번에는 이현성이 물었다.

"저게 대체 뭡니까? 저 사람들은 왜 싸우는 겁니까?"

소년은 살짝 꺼리는 표정이었다. 우리에게 그걸 말하면 자신의 생존에 위협이라도 된다는 듯.

"지하 2층에 도착하면 모두 아시게 될 거예요."

고층으로 올라갈수록 '방'을 둘러싼 싸움은 더 많이 보였다. 작은 방에 붙은 '0/1'부터 큰 방에 붙은 '0/7'까지 방마다 붙은 숫자는 제각각이었다. 아마 뒤의 숫자는 수용 가능 인원을 뜻하겠지. 나는 주변을 꼼꼼히 살피며 물었다.

"지하 3층부터 지하 1층까지는 모두 건물주 연합의 영역인가요?"

"예. 소수 세력도 있긴 한데, 거의 건물주 연합이 장악하고 있어요."

충무로역의 기반 시설은 지하 2층과 1층에 몰려 있으니, 사실상 하나의 연합이 모든 권력을 독점한 셈이었다.

"유중혁은 아무 조치도 안 했습니까? 당신들을 구해줬다면서요?"

"그게……."

내 질문에 소년의 얼굴이 눈에 띄게 어두워졌다. 한참이나 달싹이던 소년의 입술이 간신히 말을 토해냈다.

"스스로 일어나라고만……."

알 만하다. 내가 아는 유중혁이라면 당연히 그딴 식으로 말했겠지. 게다가 자신을 따르라고 말한 적도 없을 것이다. 이들은 유중혁이 보여준 압도적인 무력에 매료되어 멋대로 실낱같은 희망을 품고 있는 것이다.

우리는 얼마 지나지 않아 지하 2층에 도착했다. 소년의 얼굴에 긴장이 감돌았다.

"여기서부턴 조심하셔야 해요."

지하 2층에는 아래층보다 '방'이 훨씬 더 많았다. 그러나 아까처럼 호객하는 사람은 보이지 않았고, 그 대신 무서운 눈빛으로 그린 존을 지키는 사람만 보였다.

[그린 존 7/7]

우리는 사람들을 그대로 지나쳐 화장실 방향으로 향했다.

"어…… 왜 여기서 멈춰 있는 걸까요?"

우리는 화장실로 가는 마지막 통로 앞에서 걸음을 멈췄다. 병목이 발생하는 인근 길목에 수십 명이 모여 있었다.

"앞으로 가보죠."

나는 그렇게 말하고 사람들을 밀치며 나아갔다.

"필두 씨! 다시 받아주세요! 이제 안 그럴게요!"

"제발, 제발요! 오늘 하루만 더 묵게 해주세요. 코인은 빚을 내서라도 가져오겠습니다!"

대열 선두는 사람들의 과잉된 열기로 뜨거웠다.

"자자, 물러서세요. 물러서요."

맞은편에는 건물주 연합으로 보이는 사람들이 병장기를 들고 도열해 있었다. 본능적으로 알 수 있었다.

십악이 여기 있겠군.

멸살법 속 묘사를 통해 십악을 찾아보려 했지만, 다들 비슷비슷하게 생겨서 찾기 쉽지 않았다. 건물주가 되면 다들 인상이 비슷해지나?

다리 쪽에서 뭔가가 꼼지락거리더니 고개를 내민 것은 그때였다. 이길영이었다. 뭔가 위험해 보여서 어깨를 붙잡으려는 순간 누군가가 이길영을 밀쳤다.

"앗."

중심을 잃고 넘어진 이길영이 바닥을 짚었다.

[화신 '이길영'이 사유지를 침범했습니다!]

순식간에 분위기가 싸늘해지며 앞줄에 있던 건물주 연합 중 몇몇이 이길영을 보았다.

"넌 뭐냐 꼬마야?"

그와 거의 동시에, 몰려 있던 인파들이 비명을 지르며 물러났다.

"미친……!"

"뒤, 뒤로 가! 빨리!"

뭔가 못 볼 거라도 본 것처럼, 바짝 몰려 있던 사람들이 썰

물처럼 빠져나갔다. 사람들이 사라지자, 그들이 서 있던 자리에 붉게 빛나는 한 줄의 경계선이 보였다.

한 남자가 경계선과 이길영을 번갈아 보며 말했다.

"흐음. 길을 잃은 모양이구나. 여기가 어딘지 알고 있니?"

"화장실 가는 길 아닌가요?"

"화장실? 하하, 한때는 그랬지. 그런데 너 이 새끼…… 부모는 어디 있냐?"

"……네?"

"남의 땅에 함부로 들어오면 안 된다고 배웠어, 안 배웠어?"

'남의 땅'이라. 이거, 틀림없군. 남자는 알 수 없는 눈길로 이길영의 머리를 쓰다듬으며 말했다.

"짜식, 모르나 보네. 그럼 아저씨가 지금부터 가르쳐줄게."

[등장인물 '공필두'의 성흔 '무장지대 Lv.3'가 발동합니다!]

기이이잉, 하는 소리가 들리더니 바닥 곳곳에서 개틀링 기관총을 닮은 미니 포탑이 일제히 일어났다.

[등장인물 '공필두'가 사유지 침범으로 500코인을 지불할 것을 요구합니다.]
[권고에 따르지 않을 시, 주변의 모든 포탑이 즉각 사격을 실시할 것입니다.]

남자가 말했다.

"돈 내놔."

총탄 장전을 마친 포탑이 일제히 이길영을 겨누었다.

당황한 이길영이 주춤주춤 물러서다가 내 옆에 붙었다. 나를 발견한 남자가 웃었다.

"아, 보호자가 계셨군. 그럼 보호자께서 대신 500코인 지불하셔야지?"

대뜸 내민 사내의 손을 보며 나는 빙긋 웃었다.

……재미있네, 유중혁.

이런 새끼들을 그냥 놔뒀다 이거지?

2

십악.

유중혁의 인생 회차에 따라 목록이나 순위가 종종 바뀌기는 하지만, 멸살법의 세계에서 주된 악역을 도맡은 열 명.

충무로역의 무장성주武裝城主 공필두는 그 십악 중 하나였다.

그러니 멸살법을 끝까지 읽은 사람이라면(나뿐이지만), 공필두를 모를 수는 없다.

[그린 존 56/70]

과연 가진 '방' 크기부터 다르다. 평수를 쉽게 가늠할 수 없는 크기의 방. 이 일대 전체가 공필두의 그린 존인 것이다.

일단은 정석대로 가볼까. 나는 이길영을 내 뒤로 숨기며 입을 열었다.

"왜 코인을 받습니까? 충무로역은 공공시설이잖습니까."

"하하, 얼마 전까진 그랬지. 하지만 이제는 아니야."

평범한 인간에게 500코인은 결코 적은 금액이 아니다. 그런데 고작 자기네 땅을 밟은 걸로 500코인을 달라…… 이건 뭐 도둑놈이 따로 없다.

"좋아요, 드리죠. 대신 직접 드리겠습니다."

"뭐?"

"당신은 공필두가 아니잖아?"

자기가 공필두라도 되는 것처럼 잘도 지껄이지만, 눈앞의 이 녀석은 그냥 건물주 연합의 엑스트라 1일 뿐이다.

어디냐, 공필두.

나는 빠르게 주변을 탐색했다. 저놈도 아니고, 저놈도…… 내가 공필두라면 어디에 있을까.

"하하, 이거 웃긴 놈일세. 야, 지금 나랑 장난……."

"공필두 씨. 어디 계세요? 벌금 받아 가세요."

나는 놈을 무시하고 걸어갔다.

[당신은 사유지를 침범했습니다!]

솟아오른 포탑이 곧장 나를 겨눴지만 걸음을 멈추지 않았다. 솔직히 저 포탑이 사격을 시작하면 나라고 무사하리라는 보장은 없었다. 하지만 여기선 패기를 보여줄 필요가 있었다.

그래야 공필두도 나를 얕보지 않을 테니까.

"거기까지. 그 이상 다가오면 죽인다."

그리고 마침내 공필두가 움직였다. 각종 생필품이 즐비하게 놓인 벤치. 그 위에 걸터앉아 잡지를 읽던 중년 남성이 내 쪽을 보고 있었다.

과연 소설 속 묘사 그대로다. 살짝 나온 배에 반쯤 벗어진 머리. 저자가 바로 건물주 연합 대표 공필두다.

"처음 보는 얼굴인데, 패기가 대단하군그래."

"돈 내러 온 것도 억울한데 눈치까지 볼 필요 있겠습니까?"

[등장인물 '공필두'가 당신에게 흥미를 느낍니다.]

하여간 나는 악당들한테 인기가 많은 타입이다. 김남운도 그랬고.

"제법 말재간 있는 녀석이군. 하지만 너무 건방지게 굴지 않는 게 좋을 거야."

평범한 동네 아저씨처럼 웃으며 말하지만 나는 안다. 공필두는 절대로 '평범한 동네 아저씨'가 아니다.

[전용 스킬, '등장인물 일람'을 발동합니다!]

〈인물 정보〉

이름: 공필두

나이: 48세

배후성: 디펜스 마스터

전용 특성: 건물주(희귀), 땅부자(희귀)

전용 스킬: [사유지 Lv.3] [인내심 Lv.1] [손익계산 Lv.2] [리더십 Lv.2] [선동 Lv.1] [무기 연마 Lv.1]

성흔: [무장지대 Lv.3]

종합 능력치: [체력 Lv.9] [근력 Lv.11] [민첩 Lv.10] [마력 Lv.19]

종합 평가: 충무로 건물주 연합의 대표입니다. 그의 스킬인 '사유지'는 성흔인 '무장지대'와 호응해 일대다 전투에서 최고의 효력을 발휘할 것입니다. 가능한 한 적으로 만들지 않을 것을 권합니다.

* 현재 '스타터 팩'을 적용 중입니다.
* 현재 '성장 패키지'를 적용 중입니다.

무장성주 공필두.

설명을 읽고 있으니 더욱 실감이 난다. 벌써 특성이 두 개인 것도 모자라 마력도 19레벨이나 된다. 과연 이 정도는 되어야 훗날 십악의 자리에 한 자리라도 걸칠 수 있다는 거겠지.

"그런데 무슨 용건으로 온 거지? 보아하니 벌금 상납만이 목적은 아닌 것 같은데 말이야."

역시 눈치가 보통이 아니다. 잠깐이지만 나는 고민했다.

여기서 협상을 하느냐, 아니면 바로 공필두를 제압하느냐.

처음부터 전력을 다한다면 가능성이 있을지도 모르지만, 공필두의 [무장지대]는 결코 만만한 성흔이 아니었다. 포탑에 맞아 큰 부상을 당할 각오를 해야 하리라.

어쩐다. 코인을 따로 쓸 곳이 있어서 추가 능력치를 찍을 수도 없는데.

"노파심에 하는 말이지만 허튼 생각은 안 하는 편이 좋을 거야."

공필두가 웃으며 내 뒤쪽을 바라보았다. 무장한 연합의 병력이 어느새 이현성 일행을 에워싸고 있었다. 나는 웃으며 양손을 들어 보였다.

"진정하시죠. 세입자가 건물주한테 찾아온 용건이야 빤하잖습니까?"

"방이냐?"

"예. 저와 제 일행을 필두 씨의 그린 존에 머무르게 해주십시오."

이건 꼭 필요한 일이었다.

세 번째 시나리오를 무사히 클리어하기 위해서는 반드시 공필두의 그린 존에 머물러야 한다. 그러나 공필두의 대답은 예상대로였다.

"안 돼. 연합에 외인은 받지 않아. 한 명당 500코인씩 매일 상납한다면 생각해보겠지만."

매일 500코인? 무슨 코인 상품 팔듯이 말하는군. 도깨비보다 더한 놈이다.

"그건 좀 힘들고, 대신 정보를 드리죠."

"무슨 정보?"

"유중혁에 대한 정보."

유중혁. 그 이름 하나에 건물주들 안색이 급변했다.

"유중혁? 유중혁이라면 얼마 전에 난동을 부린……."

"너 이 새끼! 그놈이랑 무슨 관계야?"

"필두 씨! 이 자식 뭔가 수상한데요?"

역시 반응이 있군.

유중혁이라면 이미 건물주 연합과 트러블이 있을 거라 생각했다.

사실 그 점이 조금 찜찜하기도 했다. 원작대로면 3회차 회귀의 유중혁은 지금쯤 건물주 연합과 치고받는 혈투를 벌이고 있어야 한다. 그런데 이 자식은 어디서 뭘 하고 있는 거지?

공필두가 의심스럽다는 눈빛으로 나를 보며 물었다.

"유중혁과 무슨 관계지?"

"생사를 따로 한 동료입니다."

"…같이한 게 아니라?"

"아무튼 친하다는 거죠."

"그 말을 어떻게 믿지?"

"못 믿으면 마시고. 어차피 손해 볼 건 없잖습니까?"

나는 툭 던지듯 말했다. 아마 공필두는 내 제안을 받아들이지 않을 수 없을 것이다. 왜냐하면 현재 유중혁은 충무로역에서 공필두의 권력을 위협하는 유일한 인물이니까.

[등장인물 '공필두'가 '손익계산 Lv.2'을 발동합니다.]

"손해 볼 게 왜 없어?"

......?

"네가 사기꾼이 아니라는 보장이 없잖아. 연륜을 무시하지 마라. 내 경험상 꼭 너같이 생긴 놈들이 마지막에 월세 떼먹고 도망가거든."

너무 콕 집어서 정확한 느낌이라 억울하기까지 하다. 하지만 여기서 말발에 밀려서는 곤란했다.

"안 믿으면 어쩔 수 없죠. 어차피 그쪽 손해니까."

내 말에 공필두의 얼굴이 복잡해졌다. 나는 망설이지 않고 돌아섰다. 전혀 미련을 보이지 않는 게 중요하다. 그래야, 놈이 더욱 미련을 가질 테니까.

"잠깐만."

역시나.

"사유지 벌금 내야지. 어딜 튀려고?"

다른 미련이었나. 빌어먹을 놈. 나는 어색하게 웃으며 다시 돌아섰다.

"얼마였죠? 100코인이었나?"

"아니, 너랑 저 꼬마까지 합쳐서 1,000코인이다."

이마에 핏줄이 돋았다. 이 자식은 1,000코인이 1,000원짜리 한 장인 줄 아나.

"그건 너무 많은데."

도깨비한테도 그 정도를 뜯긴 적 없는데, 공필두 같은 새끼한테 1,000코인을 줄 수는 없지.

공필두가 웃었다.

"그럼 세입자로선 실격이군. 죽어라."

나는 본능적으로 주변 사내들을 밀치고 일행을 향해 달렸다. 콰앙— 하는 첫 발포음이 들렸고, 철제 방패를 든 이현성이 어느새 내 뒤를 막아서고 있었다. 정말 든든하다.

"……독자 씨."

하지만 근력과 체력이 모두 14레벨에 육박하는 이현성조차 몹시 긴장한 음색이었다. 부르르 떨리는 팔근육을 보니 확실히 알겠다. 아직 두 번째 성흔이 개화하지 않은 이현성의 능력치로는 포탑의 연사를 버틸 수 없다. 게다가 정희원도 없는 상황. 여기서 정면 승부를 벌인다면 분명 일행 중 누군가는 죽을 것이다.

"공필두 씨, 잠깐 기다려보시죠."

그렇다면 손해 보는 싸움을 할 수는 없지.

"또 뭐야?"

"지금 우리랑 싸우지 않는 게 좋을 겁니다."

"왜?"

손해는 다른 놈이 봐야 한다.

"지금 싸우면 당신은 여기서 죽을 테니까."

공필두의 표정이 굳어졌다. 구태여 덧붙이지 않아도 공필두 또한 눈치챘을 것이다. 지금 막 지하 1층으로 향하는 에스컬레이터를 타고 내려오고 있는 녀석의 존재를.

저런 어마어마한 기세를 뿜어대는데 모르는 게 이상하다.

"내 절친한 동료께서 오고 계시거든."

유중혁. 저 빌어 처먹을 회귀자 놈이 이렇게 반가울 줄이야.

"사부, 저놈이에요. 저놈이 사부 동료를 사칭했다니까요."

새된 목소리로 이지혜가 나를 가리키고 있었다. 그리고 그 옆을 뚜벅뚜벅 걸어오는, 혼자 드라마를 찍고 계신 우리의 주인공. 살벌한 눈빛으로 나를 노려보는 모습이 매우 인상적이었다.

[등장인물 '유중혁'이 크게 동요합니다.]

[전용 스킬, '전지적 독자 시점' 2단계가 발동합니다!]

일순 짧은 현기증이 돌더니 이내 놈의 생각이 들리기 시작했다.

「어떻게 벌써?」

나는 녀석을 향해 해맑게 손을 흔들어주었다.

"안녕, 중혁아."

「…….」

"잘 있었니? 얼굴 좋아 보이네?"

「…….」

이지혜와 공필두가 믿을 수 없다는 듯 유중혁과 나를 번갈아 보았다. 절대로 나와 유중혁이 '동료'일 리가 없다는 듯이. 허공에 팽팽한 긴장감이 감돌기 시작했다.

"이 사람들이 너랑 내가 동료라는 걸 안 믿어주는데, 네가 대신 말 좀 해줄래?"

나는 유중혁을 안다. 이 새끼는 사람을 밥 먹듯이 죽여도 자기가 한 약속은 반드시 지키는 놈이다.

[소수의 성좌가 화신 '유중혁'의 대답에 주목합니다.]

[성좌, '악마 같은 불의 심판자'가 화신 '유중혁'의 신의를 지켜봅니다.]

더군다나 지금처럼 성좌들이 주목하고 있을 때라면 더욱.

「…….」

고요한 눈길로 나를 보던 유중혁이 천천히 입을 열었다. 그러나 내 말이 더 빨랐다.

"참, 화장실도 쓰게 해주면 더 좋고!"

마침내 유중혁이 칼을 뽑아 들었다.

⌘ ⌘ ⌘

잠시 후 우리는 무사히 화장실을 이용한 뒤 3호선 플랫폼으로 내려와 있었다. 모두 회귀자 동료를 잘 둔 덕분이었다. 나는 웃으며 말했다.

"반갑다, 새끼야."

"……역시 살아 있었군."

결론부터 말하자면 유중혁은 나를 동료라고 부르지 않았다. 다만 공필두를 향해 조용히 칼을 겨누는 것으로 대답을 대신했다. 다행히 충돌을 원하지 않은 공필두가 이를 갈면서도 우리를 그냥 보내주었다.

"혹시 죽길 바랐냐?"

"아무래도 좋다고 생각했다."

동료는 개뿔. 시건방진 면상을 보니까 화가 더 솟구친다. 당장이라도 달려가서 턱주가리를 날려버리고 싶지만, 그럴 수가 없었다.

[전용 스킬, '등장인물 일람'을 발동합니다!]

[해당 인물의 관련 정보가 지나치게 많습니다. '등장인물 일람'이 '등장인물 요약 일람'으로 변환됩니다.]

풀 버전으로.

[등장인물 '유중혁'의 인물 정보를 '풀 버전'으로 변환합니다.]

〈인물 정보〉

이름: 유중혁

나이: 28세

배후성: ???

전용 특성: 회귀자(신화) / 3회차, 프로게이머(희귀)

전용 스킬: [현자의 눈 Lv.8] [백병전 Lv.8] [상급 무기 연마 Lv.5] [호신강기 Lv.5] [정신 방벽 Lv.5] [군중 제어 Lv.5] [추론 Lv.5] [거짓 간파 Lv.4]⋯⋯.

성흔: [회귀 Lv.3]

종합 능력치: [체력 Lv.24] [근력 Lv.24] [민첩 Lv.25] [마력 Lv.23]

종합 평가: (해당 인물의 종합 평가가 너무 길어서 로드할 수 없습니다.)

소설로 볼 때는 별 느낌이 없었는데, 직접 보니까 이놈이 얼마나 비범한지 잘 알겠다. 이제 세 번째 시나리오에 막 돌입하는 상황인데 체근민 합이 70을 넘는다. 거기다 스킬 레벨까지…… 빌어먹을, 이래서 주인공 버프는.

"더 할 말이 남았나?"

심지어 유중혁은 본래의 3회차보다 성장 속도가 더 빠른 듯했다. 성장이 빠르다는 것은 그만큼 큰 위험을 감수하고 있다는 뜻인데… 겨우 세 번 회귀한 놈이 무슨 헛짓거리를 꾸미고 다니는 거지? 무언가 불안해진다. 조만간 뒷조사를 들어가보아야…….

"할 말이 있냐고 물었다."

"아니, 그냥 띠꺼워서 봤어."

「…역시 강단이 있는 놈이군.」

강단은 무슨.

혼자 중2병에 절어가지고.

「그래도 건방진 게 거슬린다. 그냥 지금 죽일까?」

"농담이야."

나는 황급히 웃으며 말했다. 유중혁이 관심 없다는 듯 고개를 돌렸다.

[성좌, '긴고아의 죄수'가 당신에게 실망합니다.]

어차피 지금 당장 유중혁을 족칠 생각은 없었다.

앞으로 남은 무수한 시나리오를 클리어하기 위해 유중혁은 반드시 필요한 인물이다. 진짜 동료처럼 지내지는 않더라도 뼛속까지 철저히 이용할 가치가 있다.

……왜 사실을 말하는데도 구차한 변명처럼 들리지?

"파티를 꾸린 모양이군."

유중혁은 무표정한 눈빛으로 나를, 그리고 내 뒤쪽 사람들을 바라보았다.

[등장인물 '유중혁'이 당신에게 조금 실망합니다.]

……뭐? 왜? 답은 금방 알 수 있었다.

[등장인물 '유중혁'이 '현자의 눈 Lv.8'을 발동합니다!]

「기껏 이현성을 두고 왔는데, 고작 저 정도밖에 못 키운 건가.」

사실이라 순간 말을 잃고 말았다. 확실히, 이현성은 유중혁과 움직였다면 지금보다 잘 성장했을 것이다. 그래도…… 자식아. 난 그냥 운 좋게 미래를 알게 된 평범한 독자라고.

「기대 이하군.」

속마음이 들려버리니 실제로 말을 듣는 것보다 훨씬 깊이 비수가 박힌다. 그런데 한참 일행을 둘러보던 유중혁의 시선이 멈칫했다. 처음으로 그의 눈빛에 당혹감이 어리고 있었다.

「……저건 뭐지?」

유중혁은 이현성을 제외한 나머지 일행의 정보를 보고 있었다. 하필 남은 세 사람이 뭉쳐 있어서 유중혁이 정확히 누굴 보는지 알 수 없었다.

「어떻게 저런?」

대체 누구를 들여다보는 거지?

엄청나게 물어보고 싶었는데, 잘못하면 내 스킬이 들킬까 봐 참았다. 아직 유중혁은 내가 자기 속을 다 안다는 것을 모르니까. 시선 방향을 보니 정희원의 인물 정보를 살피는 것 같기는 한데…… 때마침 깨어난 정희원이 유중혁과 눈을 마주쳤다.

"뭘 꼬나봐요?"

「…….」

잘한다, 정희원.

「죽일…….」

"유중혁."

나는 재빨리 끼어들었다.

"궁금한 게 하나 있는데."

녀석이 나를 돌아보았다. 어디 말해보시지, 하는 눈빛이다.

"왜 공필두를 내버려두는 거냐?"

"예언자라면 알고 있을 텐데."

"예언자라고 모든 걸 다 알진 못해."

정확히는 다 '기억하지는 못하는' 것이지만.

[등장인물 유중혁이 '거짓 간파'를 발동 중입니다.]

[등장인물 유중혁이 당신의 말이 진실임을 확인했습니다.]

하여간 꼼꼼한 새끼.

"……하긴, 그런가. 예언자라도 아직 '미래시' 레벨이 낮겠지."

멋대로 생각해라. 유중혁이 말을 이었다.

"공필두를 살려두는 건 필요가 있어서다."

"앞으로 있을 시나리오 때문이지?"

유중혁은 대답하지 않았다. 마치 내가 아는 정보를 가늠해보겠다는 듯이.

"이후 시나리오에 공필두가 필요하다는 건 나도 알아. 하지만 '공필두'가 필요할 뿐이지, 놈을 따르는 그룹 전체가 필요한 건 아니잖아."

「······.」

"필요 없는 건 제거하는 게 네 스타일 아닌가? 왜 그냥 두고 보는 거지?"

「······**귀찮군.**」

뭐?
"나는 할 일이 많다."
유중혁은 가만히 나를 노려보더니 말을 이었다.
"너는 결코 이해하지 못한다."
"잠깐만! 그렇게 말하고 지나갈 문제가 아니야. 네가 지금 움직이지 않으면 충무로역에 있는 인간은 대부분······!"
유중혁의 눈이 차갑게 빛났다.
"상관없다."
나는 딱히 인본주의자는 아니다. 모든 사람이 세상을 살아갈 가치가 있다고 믿지도 않는다. 그러니까 지금 내가 화가 나는 이유는, 그냥 유중혁이 아니꼬워서다.
"너 한 대만 때려도 되냐?"

"그럴 자신이 있나?"

분노에 차 주먹을 드는데 메시지가 들려왔다.

[등장인물 '유중혁'이 '호신강기 Lv.5'를 사용 중입니다.]

주먹을 내렸다. 비겁한 자식.

"볼일은 끝났나?"

"……."

"가자."

유중혁의 부름에 이지혜가 움찔했다. 뒤늦게 유중혁을 따라 나서는 이지혜가 의외라는 듯한 눈으로 나를 바라보았다.

[성좌, '대머리 의병장'이 당신의 의협심에 감동합니다.]

[100코인을 후원받았습니다.]

물론, 완전히 오해지만.

¤ ¤ ¤

[세 번째 시나리오 활성화까지 1시간 30분 남았습니다.]

시간은 별로 없고 머릿속은 복잡하다.

[성좌, '대머리 의병장'이 파탄 난 민생에 분노합니다.]
[성좌, '대머리 의병장'이 민중봉기를 원합니다.]

머릿속에서 사명대사가 시끄럽게 떠들어댔지만 딱히 좋은 방법은 떠오르지 않았다.

세 번째 시나리오가 진행되는 기간은 정확히 일주일. 유중혁은 이 기간을 틈타 뭔가 다른 이득을 취할 계략을 꾸미고 있을 것이다. 물론 그렇게 놔둘 수는 없다. 놔둘 수 없기는 한데…….

[성좌, '긴고아의 죄수'가 당신이 무슨 생각을 하는지 궁금해합니다.]

"유중혁 개새끼."

[성좌, '긴고아의 죄수'가 만족합니다.]
[100코인을 후원받았습니다.]

사실 당장 눈앞에 닥친 문제는 유중혁이 아니라 공필두였다. 세 번째 시나리오를 무난히 돌파하려면 공필두의 도움이 꼭 필요했다. 하지만 도움을 받을 수 없다면…….

문득 고개를 드니 정희원이 생글생글 웃고 있었다.

"아까 좀 쫄았죠?"

"……네?"

"아까 그 남자 있잖아요. 유중혁인가랑 대화할 때."

나는 곧장 공필두 이야기를 꺼냈다. 정희원은 쓰러져 있었기 때문에 공필두를 보지 못했으므로. 절대 화제를 돌리려던 건 아니다. 정희원은 곧바로 반응했다.

"아니 뭐 그딴 새끼들이 다 있어요? 모두 쓰는 공공시설을 차지하고 세를 받다뇨?"

"그딴 새끼들이 바로 위층에 있습니다."

"내가 당장 가서 조져버릴게요."

노발대발한 정희원이 땅강아쥐 칼을 뽑았다. 그러고 보니 슬슬 일행들 무기도 바꿔줘야 할 텐데. 할 일이 태산이다.

"무립니다."

"우리 모두 힘을 합치면 이길 수 있어요. 금호역 때도 그랬잖아요?"

정희원은 자신만만했다. 그럴 법도 하지. 정희원에게는 [심판의 시간]이라는 비장의 스킬이 있으니까. 센스가 좋고 적응이 빠른 그녀는 이미 자신의 특성과 스킬에 대해 파악을 끝냈을 것이다.

"미적거리지 마요! 당장 가서 처치하고 오자구요!"

그리고 상대가 '악인'인 한 [심판의 시간]은 최고의 상성을 자랑한다.

[등장인물 '정희원'이 '심판의 시간'을 발동합니다!]

[절대선 계통의 성좌들이 정희원의 요청에 침묵합니다.]

[스킬 발동이 취소됐습니다.]

정희원의 표정이 당혹감으로 물들었다.

"아니, 이런…… 뭐지? 고장 난 건가?"

몇 번이나 다시 시도했으나 스킬은 발동되지 않았다.

"왜 발동이 안 되는 거죠? 그놈들도 분명 악인인데?"

나는 정희원의 의문에 쓴웃음을 지었다.

"그건 우리 인간들 생각이겠죠."

"무슨 소리예요?"

"성좌들은 다를지도 모른다는 겁니다. 우리가 아는 선악이 그들이 아는 선악과 같다는 보장은 없습니다."

"아…….."

"정의는 때로 다수의 판결일 뿐이에요."

그리고 지금 그 판결을 결정할 수 있는 '다수'는 성좌들이었다. 인간에게 더는 정의正義를 정의定義할 권리가 없다. 인간은 그저 배후성의 꼭두각시일 뿐이니까.

"무슨 그딴……."

나는 다른 일행을 보았다. 다들 말은 없지만 생각하는 건 정희원과 비슷했을 것이다. 이현성은 마력탄에 흠집이 난 철제 방패를 말없이 닦고 있었고, 유상아와 이길영은 나란히 바닥에 앉아 바퀴벌레를 바라보고 있었다.

그 절망감, 충분히 이해가 된다. 금호역 깡패들을 해치우고 자기들이 뭐라도 된 줄 알았겠지. 그러나 고작 역 세 개를 더 이동했을 뿐인데 그놈들과 비교도 안 되는 괴물이 있다.

그럼 이쯤에서 슬슬 희망 고문을 시작해볼까.

"방법이 없는 건 아닙니다."

"네?"

"어렵겠지만, 놈들을 꺾을 방법이 하나 있긴 합니다."

일행들이 동시에 나를 바라보았다. 이현성이 물었다.

"정말 방법이 있습니까?"

"그게 뭔데요?"

나는 주변을 살피고는 목소리를 낮추며 입을 열었다.

"공필두가 '무장지대' 밖으로 나오게 만드는 겁니다."

"무장지대가 뭔데요?"

"녀석의 성흔입니다. 지역 방어에 최적화된 기술이죠."

[무장지대]. 사용하는 것만으로도 인근 지역에 [포탑]을 건설할 수 있는 사기적인 능력. 공필두를 상대로 다수전이 까다로운 이유는 바로 그 성흔 때문이었다. 지금이야 [무장지대]니까 그나마 낫지, 훗날 성흔이 진화해 [무장요새]급이 된다면 놈을 잡기 위해 거의 공성전 규모의 준비를 해야 한다.

하지만 그런 공필두에게도 분명 약점은 있었다.

"놈의 '무장지대'는 자신이 지정한 장소 밖으로 나오는 순간 해제됩니다. 그러면 녀석의 미니 포탑들도 쓸모없게 되죠. 보통 그런 광역 방어 스킬은 제약이 많습니다."

내 말에 이현성과 정희원이 동시에 감탄했다.

"아…… 그런 약점이."

"한 번 보고 거기까지 알아낸 거예요? 혹시 독자 씨 특성이 '척척박사' 아니에요?"

비슷한 일이 반복되다 보니 일행들은 어느 정도 내게 적응해버린 눈치였다. 이번에는 유상아가 물었다.

"하지만 그 사람을 어떻게 움직이게 만들죠?"

"그걸 지금부터 같이 생각해봐야죠."

"아, 생각하는 게 제일 싫은데."

정희원이 볼멘소리를 했다. 그리고 모두 잠시간 아무 말도 없었다. 제일 먼저 아이디어를 낸 것은 이현성이었다.

"화장실에 간다거나 할 때 습격하면……."

"아까 의자 옆 잡동사니들을 못 보신 모양이군요."

공필두는 절대로 무장지대 밖으로 움직이지 않는다. 그의 안식처인 '벤치' 곁에는 필요한 모든 것이 다 준비되어 있다. 침낭, 담요, 식량, 먹고 씻을 물을 담은 대야, 심지어는 어디서 구해 왔는지 요강까지 있다. 물론 세입자들이 비운다.

"미쳤네. 완전 방구석 폐인이잖아. 그 땅에 뭐 좋은 걸 숨겨 놨다고 그렇게 꼼짝 않는 거래요?"

"그곳이 충무로역에서 가장 커다란 '방'이니까요."

"'방'이요?"

그러고 보니 정희원은 아직 '방'에 대해 잘 모른다. 하지만 설명할 필요는 없었다.

[세 번째 메인 시나리오 활성화까지 1시간 남았습니다!]

어차피 곧 알게 될 테니까.

"우리도 슬슬 '방'을 찾아야 합니다."

일행이 동시에 자리에서 일어나자 주변에 서 있던 사람들이 움찔 놀랐다.

"가, 가까이 오지 마!"

특히 강한 경계심을 보인 것은 아까 3호선의 1인용 방을 지키던 나이프 사내였다. 그러나 우리가 다가가기도 전에 다른 사내들이 그를 향해 달려들었다.

"꺼져 새끼야!"

무차별로 쏟아지는 타격들. 사내가 밀려나자, 순간 그린 존의 표식이 바뀌었다. 주인이 바뀐 것이다.

[그린 존 1/1 → 그린 존 0/1]

사내들이 하나의 '방'을 둘러싸고 피 튀기는 혈투를 벌였다. 누군가는 허벅지를 찔렸고 또 누군가는 코뼈가 부러졌다. 정희원이 눈살을 찌푸렸다.

"저거 안 말려도 돼요?"

"개입해도 결과는 똑같습니다. 결국 누군가는 죽어요."

"아무도 안 죽을 수도 있잖아요?"

"이번 시나리오는 그게 불가능합니다."

내 말이 떨어지기 무섭게 허공에서 비형이 내려왔다.

[자자, 슬슬 삼 일 차 메인 시나리오를 진행해볼까요? 오늘은 신입도 추가로 들어왔으니 더욱 재미있겠죠? 하하하!]

비형이 이쪽을 흘끗대며 말했다.

충무로 시나리오를 담당하는 도깨비는 총 셋. 비형이 대표로 나온 걸 보면 아무래도 뒤치다꺼리를 맡은 듯했다. 셋 중 비형의 채널이 제일 작으니 당연한 귀결이겠지만.

곧 세 번째 시나리오가 눈앞에 떠올랐다.

〈메인 시나리오 #3 - 그린 존(3일 차)〉

분류: 메인

난이도: C

클리어 조건: 역내 '그린 존'을 차지하여 매일 밤 자정부터 동틀 녘까지 몰려드는 괴물에게서 살아남으시오. 이 시나리오는 총 7일간 지속됩니다.

보상: 1,000코인

실패 시: ─

이현성이 눈을 크게 떴다.

"이, 이건······!"

[규칙은 간단합니다. 다른 사람보다 먼저 그린 존을 차지하세요. 물론 다른 이의 그린 존을 빼앗을 수도 있습니다. 그런데 서두르셔야 할 거예요. 자정이 지난 이후에도 그린 존을 차

지하지 못하면 정말 끔찍한 일을 겪게 될 테니까요! 하하, 그럼 다들 힘내보세요!]

비형의 말을 들은 일행들 표정이 굳어졌다. 그 와중에도 사람들의 비명은 이어지고 있었다. 살이 으깨지는 소리가 들렸다.

"죽어! 죽으라고!"

"따, 딱히 원한이 있어서 이러는 건 아냐! 나도 살려고……!"

아마 이걸로 다들 깨달았을 것이다. 눈앞의 사투가 더는 남 이야기가 아니라는 것을. 유상아가 떨리는 목소리로 물었다.

"설마 우리끼리도 저 사람들처럼 싸워야 하는 건가요……?"

"우리끼린 안 싸워도 됩니다. 수용 인원이 많은 '방'을 찾으면 되니까요."

그런 존의 크기는 다양했다. 오직 한 명만 거주할 수 있는 곳부터, 공필두의 땅처럼 무려 칠십 명이나 거주할 수 있는 곳까지.

"물론 그런 '방'이 남아 있을 때의 이야기지만요."

내 말에 정희원이 입술을 실룩였다.

"하여간 독자 씨는 사람 불안하게 만드는 재주가…… 그럼 지금 당장 움직이죠. 남은 방이 있을지도 모르잖아요."

"흩어져서 움직이는 편이 빠를 것 같습니다. 팀을 나누죠. 이현성 씨가 유상아 씨와 함께 움직이고, 정희원 씨가 길영이를 데려가주세요."

"독자 씨는요?"

"저는 혼자 움직이겠습니다."

괜찮겠느냐는 말은 없었다. 다들 나를 꽤 신뢰하는 눈빛이다. 마지막으로 입을 연 사람은 이길영이었다.

"형, 저… 혹시 못 찾으면 어쩌죠?"

"만약 시나리오 시작 이십 분 전까지도 '방'을 못 찾으면, 다시 여기 모이는 걸로 하겠습니다."

"알았어요. 그럼 출발할게요!"

일사불란하게 흩어졌다. 정희원과 이길영은 지하 2층으로, 유상아와 이현성은 지하 3층으로. 나는 멀어지는 일행들을 잠시 지켜보다가 스마트폰을 켰다. 멸살법을 열자마자 한 줄의 문장이 곧바로 떠올랐다.

「충무로역에 남은 '방'은 없다.」

너무나 명료하게 기록되어 있는 사실. 아마 일행들은 남은 '방'을 구하지 못할 것이다. 그러니 사실상 일행들이 선택할 수 있는 방법은 하나뿐이다. 살아남기 위해, '방'을 차지한 다른 사람을 죽이는 것.

하지만 이현성이나 정희원이 그럴 수 있을까?

여기 모든 사람이 '악인'은 아니다. 공필두처럼 타인을 착취하는 자도 있지만, 사실 대부분은 자기 자신을 지키기 위해 이빨을 드러낸 자들이었다.

과연 그런 사람을 향해 유상아나 이길영이 송곳니를 마주 드러낼 수 있을까?

나는 곧 답을 알게 될 것이다.

3

충무로역 3호선 플랫폼에 사상자가 나타나기 시작한 것은 비형이 사라지고 십여 분이 지나던 무렵이었다.

현재 3호선 플랫폼에 남은 '방'은 단 하나뿐. 그나마 강자가 없는 곳이기에 약자들은 물러서지 않고 서로 살의를 내뿜었다.

"죽어! 죽으라고!"

[세 번째 메인 시나리오 시작까지 30분 남았습니다.]

주변이 아비규환으로 변해가는 와중에도 나는 조용히 멸살법을 읽었다. 아마 오늘 시나리오는 내가 생각한 대로 흘러갈 것이다. 살아남기 위해서는, 한 단어 한 단어 놓치지 않고 기억하는 수밖에 없다.

―너 지금 뭐 하는 거야 인마!

비형의 도깨비 통신과 함께, 성좌들의 메시지도 들려왔다.

[성좌, '긴고아의 죄수'가 당신이 뭘 하는지 의아해합니다.]

순간 반사적으로 스마트폰을 껐다. 그러고 보니 지금까지 생각하지 못한 것이 있었다. 성좌들은 왜 내가 멸살법을 읽는 것을 보고도 아무런 반응을 보이지 않을까?

실제로 멸살법 원작을 보면 유중혁이 회귀자라는 사실을 알게 된 성좌들이 공정성에 의문을 제기하는 장면이 나온다.

그렇다면 내가 이 텍스트를 가지고 있는 것에 대해서도, 진즉에 무슨 말이 나왔어야 정상이다.

―지금 빈 메모장 켜놓고 뭐 하는 건데? 너 때문에 성좌들 전부 답답해서 미치려고 한다고!

…빈 메모장?

나는 다시 스마트폰을 켰다. 멸살법 파일을 띄워둔 화면.

"이거 말하는 거야?"

―그래! 지금 그거 켜놓고 무슨 작전 궁리라도 하겠다는 거야? 그대로 있으면 뒈진다고! 하, 내가 저런 놈을 믿고 계약을……

일순 소름이 돋았다. 도깨비는 이 '텍스트'를 읽을 수 없는 것이다. 시스템의 최고 관리권을 가진 도깨비가 읽을 수 없다

면, 성좌들도 마찬가지겠지. 그럼 이 텍스트를 내게 준 작가
는…… 대체 어떤 존재인 거지?

"크아악!"

마지막 비명이 울려 퍼졌다. 마침내 3호선 플랫폼의 '방' 주
인이 가려진 것이다.

[그린 존 1/1]

"…가까이 오지 마세요."

나를 향해 어설프게 나이프를 겨누는 소년. 놀랍게도, 승자
는 아까 우리를 안내해준 그 소년이었다. 아직 이름도 모르는
소년.

"걱정 마, 네 자린 안 뺏어."

나는 안심하라는 듯 일부러 녀석에게서 떨어졌다. 그러자
바로 뒤쪽에서 인기척이 일었다.

"그래? 꽤나 여유롭네, 아저씨. 죽고 싶은가 봐?"

싸가지 없는 말투, 누군진 돌아보지 않아도 알겠다.

"여유 부리는 건 너도 마찬가지 같은데."

"내 방은 아무도 안 건드려. 건드리면 뒈질 걸 다들 아니까."

이지혜가 새파란 장도를 휘휘 그으며 말했다. 하긴, 지금 스
펙의 이지혜 정도면 유중혁이나 건물주 연합을 제외하고는
거의 상대할 화신이 없을 것이다. 나를 유심히 보던 이지혜가
다시 입을 열었다.

"아저씬 안 죽었으면 좋겠어. 아까 우리 사부한테 개기던 거 꽤 인상적이었거든."

"안 죽을 테니까 걱정 마. 그리고 '방'을 못 찾는다고 해서 꼭 죽는 것도 아니야."

내 말은 사실이었다. '방'을 못 찾는다고 해서 반드시 죽는 것은 아니다.

이 역에는 그 불가능을 살아 증명하는 인간이 있으니까. 그 것도 고작 삼 일 전에. 이지혜의 눈이 가늘어졌다.

"아저씨, 지금 본인이 무슨 말을 하는지 알고 있는 거야?"

"응."

"아저씨 강해? 우리 사부만큼?"

말하기가 무섭게 이지혜 뒤쪽에서 유중혁이 나타났다.

"그만 방으로 돌아가라."

"앗, 넵. 사부!"

금세 고분고분해진 이지혜가 사라지고, 마찬가지로 돌아서 려던 유중혁이 나를 일별했다.

"괴물과 싸울 셈인가?"

나는 어깨를 으쓱했다.

"너는 죽을 거다. 그리고 네 일행도."

"그건 두고 봐야 알겠지."

떠나며 나를 돌아보는 유중혁의 눈빛에 순간적으로 알 수 없는 감정이 깃들었다. 나는 [전지적 독자 시점]을 발동하지 않았다. 꼭 모든 감정을 말로 해야만 알 수 있는 것은 아니다.

[세 번째 메인 시나리오 시작까지 20분 남았습니다.]

환승길 계단 쪽에서 사람들이 내려오는 소리가 들렸다. 이현성, 이길영, 그리고 유상아…… 하나같이 어두운 표정을 보니 결과는 예상대로인 모양이었다. 유상아가 침울한 얼굴로 입을 열었다.

"방…… 못 구했어요."

"괜찮습니다. 그보다 희원 씨는요?"

"그게, 위층에서 협상해본다고 하긴 했는데……."

말하기가 무섭게 정희원이 고래고래 소리를 지르며 뛰어내려왔다.

"하룻밤에 2,000코인? 장난해 지금? 확 그냥 회 쳐버릴까 보다, 진짜."

흥분한 듯 콧김을 씩씩 내뿜은 정희원이 말을 이었다.

"독자 씨. 위층에서 뭐라는지 알아요? 아니 글쎄―"

"갑자기 세를 높였죠?"

"어, 알고 있었어요?"

충분히 예상 가능한 일이었다. 이십 분 안에 방을 못 구하면 죽는 것은 세입자 쪽이니까. 주도권이 건물주들한테 있으니 세를 높이는 건 당연한 일이겠지.

"독자 씨는 뭔가 찾으셨나요?"

"아뇨, 저도 못 찾았습니다."

"아……."

나는 일행들의 얼굴을 하나하나 살폈다. 결국 선택의 시간이 왔다.

"두 가지 방법이 있습니다."

두 가지 방법이라는 말에 일행의 눈이 반짝였다. 하지만 내가 제시하는 방법은 아마 그들의 기대를 배신할 것이다.

"첫 번째는 우리 모두가 살 수 있는 쉬운 방법입니다."

정희원이 눈을 가늘게 뜨며 물었다.

"보통 그럴 땐 두 번째 방법을 선택하는 전개던데…… 다른 하나는 뭔데요?"

"두 번째는 매우 어려운 방법입니다. 그리고 우리 중 누군가가 죽을 가능성도 높습니다."

"첫 번째 방법으로 해요, 그럼."

"다른 분들 생각은 어떠십니까?"

이현성이 먼저 반응했다.

"모두가 살 수 있다면 첫 번째가 좋을 것 같습니다."

이길영도 고개를 끄덕였다. 망설인 것은 유상아뿐이었다.

"일단 그 방법이 뭔지 물어봐도 될까요?"

나는 고개를 끄덕인 후 4호선 환승길 계단참으로 올라갔다.

"첫 번째 방법은 저겁니다."

일행은 내가 가리킨 곳을 바라보았다. 그곳에는 주변을 잔뜩 경계하며 떨고 있는 남녀 다섯 명이 있었다.

[그린 존 5/5]

"저들이 차지한 '방'은 정확히 5인짜리입니다. 하지만 개개인의 능력치는 그다지 높지 않습니다. 솔직히 우리 다섯이 모두 나서지 않아도…….""

"잠깐만요. 독자 씨 지금―"

"네, 저들을 죽이고 방을 빼앗는 게 첫 번째 방법입니다."

내 차분한 목소리에 일행들의 몸이 가늘게 떨렸다. 정희원은 깊이 상처받은 얼굴이었다.

"누가 그런 방법 몰라서 안 한 줄 알아요?"

"형이 그러자고 하면 저는 할 수 있어요."

먼저 앞으로 나선 것은 이길영이었다.

"전 두렵지 않아요. 제가 할게요."

"안 돼, 길영아!"

유상아가 이길영의 어깨를 붙잡았다. 나는 유상아를 보며 일부러 무심한 투로 말했다.

"저들도 누군가 죽이고 저 자리를 차지했을 겁니다. 솔직히 이런 식으로는 앞으로의 시나리오를 이겨낼 수 없습니다."

"독자 씨."

정희원이 내 말을 끊었다.

"난 금호역에서 살인을 했어요. 내가 원해서 죽였고, 죽인 걸 후회하지도 않아요. 하지만."

정희원은 고통스러운 표정으로 말을 이었다.

"살인자가 되었다고 해서 살인이 좋아진 건 아니에요. 난 괴물이 되고 싶지는 않다고요."

"……."

"…독자 씨, 두 번째 방법에 관해 알고 싶습니다."

이현성의 말을 마지막으로, 나는 잠시 눈을 감았다.

"여러분 생각은 잘 알겠습니다."

그래, 이만하면 됐다.

"두 번째 방법으로 가죠."

내 말에 일행들 표정이 밝아지는 것이 보였다. 사실 처음부터 두 번째 방법을 쓸 생각이었다. 누군가 죽이고 생존하는 방법도 있겠지만, 초반부터 쉬운 방법만 고수하면 결코 성좌들에게서 주목받을 수 없다.

다만 두 번째 방법을 쓰기 위해서는 상당한 각오가 필요했다. 나뿐만이 아니라 일행 모두가. 그래서 그 각오를 확인해볼 필요가 있었다. 이 사람들이, 정말로 어떤 생각을 하고 있는지 알아야 했다.

정희원이 허탈하게 웃었다.

"내 그럴 줄 알았다니까. 어차피 그럴 거면서 왜 사람을 간봐요?"

"딱히 시험하려 한 건 아닙니다. 여러분이 어떤 선택을 하셨든 그 선택을 존중했을 테니까요."

나는 약간 불안한 눈빛으로 나를 올려다보는 이길영을 쓰다듬으며 말했다. 유상아가 한숨을 쉬고는 입을 열었다.

"독자 씨는 정말 짓궂어요."

"착한 사람이 아니라서 죄송하군요."

"두 번째 방법은 뭔가요?"

"이 방법은 아무도 죽일 필요는 없습니다. 하지만 아주 어려울 겁니다."

내 무거운 음색에 일행들 표정도 굳어졌다.

"두 번째 방법을 선택하신다면, 제 지시를 무조건 따라주세요. 도저히 말이 안 되는 것 같아도, 믿고 따라주세요. 만약 단 한 사람이라도 저를 믿지 못하면—"

"……."

"우린 모두 죽을 겁니다."

누군가가 꿀꺽 침을 삼켰다. 모두 거의 동시에 고개를 끄덕였다. 이현성이 대표로 말했다.

"독자 씨를 믿습니다. 사실 여기까지 살아온 것만 해도 독자 씨 덕분이고요."

[세 번째 메인 시나리오 시작까지 5분 남았습니다.]

"그럼 따라오세요."

나는 일행들과 함께 3호선 철길 쪽으로 이동했다. 깨진 스크린 도어를 지나 을지로3가역 방면으로 가는 터널 입구에 섰다. 캄캄한 터널 안쪽으로 붉게 빛나는 '레드 존'이 보였다.

"아마 괴물은 저쪽에서 생성되어 밀려올 겁니다. 그리고 지하를 휩쓸며 한 층씩 지상으로 올라가겠죠."

이현성이 긴장한 투로 물었다.

"……그럼 우린 여기서 괴물과 싸우는 겁니까?"

"아뇨, 못 싸웁니다. 여기서 싸우면 우린 다 죽어요."

그런 존 없이 무시무시한 괴물과 싸워 새벽까지 버텨내는 것은 유중혁이나 가능한 일이다. 이번에는 정희원이 물었다.

"그럼 동대입구역 쪽으로 달아날까요?"

"그것도 안 됩니다. 시나리오가 활성화되었을 때 충무로역을 벗어나면 사망해요."

"그럼 대체……."

"이 작전은 일행을 나눠야 합니다. 이현성 씨, 유상아 씨, 그리고 정희원 씨. 괴물이 나타나면, 곧장 놈들이 오는 방향으로 달리세요."

"네?"

"알았죠? 꼭 놈들 정면으로 달리세요. 그리고 격돌하기 직전, 왼쪽 벽면을 살피세요. 그럼 제 말이 무슨 뜻인지 바로 알게 될 겁니다."

못 알아듣는 눈치였지만, 길게 설명할 시간은 없었다.

"그냥 믿으세요. 안 그러면 다 죽을 겁니다. 왼쪽 벽면 살피는 거 잊지 말고요."

"알았어요, 독자 씨."

무슨 말인지 이해한 듯, 유상아가 제일 먼저 대답했다.

"그리고 노파심에 말씀드리는 거지만 꼭 괴물이 나타난 후에 달리셔야 합니다."

나는 돌조각 하나를 주위 터널 쪽으로 던졌다. 돌은 허공에서 스파크를 튀기며 나가떨어졌다. 이현성과 정희원도 알아들었다는 듯 고개를 끄덕였다.

"독자 씨는 어쩌실 건가요?"

"저는 길영이와 함께 다른 방법을 찾겠습니다."

이 방법은 일행이 나를 믿지 않으면 쓸 수 없다. 괴물을 향해 자살 특공을 감행하라는데 누가 그 말을 듣겠는가.

이제 그들의 의지에 달렸다.

[세 번째 메인 시나리오가 활성화됩니다!]

스르르, 하는 느낌과 함께 을지로3가역 쪽 터널을 막고 있던 결계가 사라졌다.

"달리세요!"

내 외침에 달리기 자세를 취하고 있던 세 사람이 동시에 뜀박질을 시작했다.

그르르르……!

레드 존에서 괴물이 생성되기 시작했다. 대열을 주로 채운 것은 9급 지하종인 땅강아쥐였다. 중간중간 8급 지하종 '그롤'도 보였다. 검은 갈기에 곰의 형상을 취한 괴물. 이마에 달린 뾰족한 뿔이 특히 위협적인 녀석이었다.

한 마리 한 마리 놓고 보면 상대할 만하지만 문제는 숫자였다. 빼곡하게 몰려오는 대열은, 이미 '무리'라는 단어가 어울리지 않았다. 저 파도에 부딪히면 분명히 죽는다.

이현성이 최전선의 그롤과 격돌하려는 순간, 내가 외쳤다.

"지금입니다!"

유상아가 제일 먼저 벽면을 발견했다. 벽면에서 희미하게 빛나는 초록색 타일.

"아─!"

깨달음은 순식간이었다.

[누군가가 '충무로역'의 숨겨진 기능을 활성화했습니다.]

[히든 스페이스, '용맹한 자들의 안식처'가 발동합니다!]

유상아의 손이 닿자 벽면이 환한 불빛을 내뿜으며 활성화되었다.

[그린 존 1/3]

민첩한 정희원이 곧바로 뒤를 이어 벽에 달라붙었다.

[그린 존 2/3]

그러나 이현성은 타이밍을 놓치고 말았다. 땅강아쥐가 방패에 들러붙었기 때문이다.

"현성 씨! 잡아요!"

유상아가 장기인 [실 묶기]를 사용해 이현성을 붙잡았다.

두 여자의 힘으로 일순 허공에 떠오른 이현성이 간신히 벽면에 도달했다.

  [그린 존 3/3]

  됐다.

  <u>그르르르르!</u>

  괴물들이 분한 듯 세 사람을 노려보았지만, 이미 그린 존에 진입한 이상 놈들은 공격을 할 수 없었다.
  "독자 씨!"
  유상아가 나를 부르는데 돌아볼 틈은 없었다. 나는 이미 이길영을 업고 뛰는 중이었기 때문이다.

  「세 번째 메인 시나리오에는 몇 개의 숨겨진 '그린 존'이 있다. 매 회 특정 '벽면'에 활성화되며, 시나리오가 시작된 후에야 모습을 드러낸다. 그린 존이 벽면에 붙어 있다니…… 생각해보면 그린 존을 '방'의 개념으로 받아들인 것은 애초에 인간들뿐이었다.」

  멸살법의 유중혁은 수많은 회귀를 거치며 충무로의 비밀스러운 그린 존을 몇 개 찾아내는 데 성공했다. '용맹한 자들의 안식처' 또한 그중 하나였다. 그리고 지금 3호선 플랫폼에, 그런 히든 스페이스는 둘뿐이다.

콰드득. 어느새 쫓아온 땅강아쥐 몇 마리가 내 허벅지를 물었다. 체력 레벨이 높아 큰 타격은 없지만 이런 자잘한 피해가 누적되면 나중에는 화가 된다.

등에 업힌 이길영이 달려드는 땅강아쥐를 둔기로 견제했다. 그러나 숫자가 너무 많았다. 게다가 속도가 빠른 그롤도 섞여 있었다. 10미터쯤 떨어진 곳에서 아까 그 소년이 겁에 질려 나를 보고 있었다.

[그린 존 1/1]

비겁하게도, 잠깐이지만 쉬운 길로 가고 싶다는 유혹이 일었다.

[하하하하! 이거 재밌게 돌아가네요. 그럼 오늘도 어제처럼 페널티가 있어야겠죠?]

허공에서 쩌렁쩌렁 울리는 도깨비의 목소리와 함께, 시스템 메시지가 이어졌다.

[시나리오 페널티가 발생합니다!]
[기존에 존재하던 일부 '그린 존'이 비활성화됩니다.]

"아, 안 돼! 으, 으아, 으아아아아!"
충무로역 곳곳에서 비명이 울려 퍼졌다. 가장 가까운 비명은 그 소년의 것이었다.

"아아아악!"

그린 존이 사라지자마자, 소년의 작은 육체는 갈가리 찢겨 땅강아쥐의 배 속으로 들어갔다. 소년의 시체가 시간을 버는 사이 나는 이길영을 업은 채 통로를 내달렸다. 그러나 부서진 스크린 도어 너머에서 넘어온 괴물들이 내가 가야 할 길목을 막고 있었다. 나는 이길영을 뒤에 숨긴 채 '부러지지 않는 신념'을 뽑아 들었다.

스가각!

백청강기의 칼날이 다가오는 괴물을 빠르게 베어 넘겼으나 숫자는 조금도 줄지 않았다. 단 하루긴 해도 이 괴물 떼 속에서 해가 뜰 때까지 버텼다니, 유중혁이 더 괴물이다. 지금 가진 코인을 전부 종합 능력치로 바꾸더라도 그 일이 가능할지 확신이 없는데.

그때 이길영이 말했다.

"형."

"지금 말 걸지 마. 바쁘니까."

"저 그냥 여기 두고 가셔도 돼요."

"뭐?"

"전 사실 이해가 잘 안 가요. 왜 저나 다른 형, 누나들을 도와주시는 거예요? 혼자라면 더 잘 살아남을 수 있을 텐데."

죽음을 앞두고도 태연하게 그런 말을 내뱉을 수 있다니. 어쩌면 이 아이의 마음은 이미 죽어 있는지도 모른다.

"그래, 네 말이 맞아."

또 한 마리의 땅강아쥐가 목이 베인 채 바닥에 늘어졌다.

"혼자 다 해 처먹고, 혼자 살아남고, 혼자 떵떵거리면서 살면 편하기야 하겠지. 그런데……."

내가 왜 이렇게 행동하느냐고? 누가 그렇게 묻는다면 나도 정확히 설명할 자신은 없다. 하지만 한 가지 확실하게 말할 수 있는 것도 있다.

"그런 식으로 전개했다가 망해버린 소설을 하나 알거든."

"네?"

매번 드는 생각이지만 나는 역시 주인공감은 아니다. 영웅이 되지도 못하고, 구원자가 되지도 못할 것이다. 하지만…….

흔들리는 이길영의 눈동자. 나는 녀석을 다시 둘러업으며 말했다.

"형 꽉 잡아라."

이길영은 죽지 않을 것이다. 적어도 오늘만큼은.

4

밀려오는 괴물의 파도를 보면서 호흡을 고르고 허벅지에 힘을 주었다. 15레벨의 근력이 응축되며, 뻗은 발에 강한 추진력이 실렸다.

뚫는다.

송곳니를 앞세운 땅강아쥐가 사방에서 달려들었고, 그롤의 단단한 뿔이 옆구리에 꽂혔다. 15레벨의 체력으로 강해진 피부이지만, 그롤의 뿔에 연달아 찔리자 멍이 들거나 피가 나기 시작했다.

[1번 책갈피가 활성화됐습니다.]

[책갈피]가 발동하며, 망상악귀 김남운의 [흑화]가 전신을

감쌌다. 나는 달려드는 괴물들을 전신으로 밀어내며 돌진했다. 몸통 곳곳에 송곳니가 파고들었고, 땅강아쥐 몇 마리가 허벅지를 물어뜯었다. 하지만 멈추지 않았다. 달리고, 또 달리고.

저기다.

마침내 원작에서 명시된 벽면이 보였다. 나는 달려드는 땅강아쥐의 머리를 힘껏 밟고 도약했다. 초록색으로 빛나는 2인용 그린 존.

그런데…… 제기랄.

[그린 존 1/2]

이미 선객이 있었다.

나는 뒤쪽에서 괴물이 몰려오고 있다는 것도 잊고, 잠시 놈을 바라보았다.

절대 있어서는 안 되는 녀석이 그곳에 있었다.

"야."

놈이 나를 보았다.

"비켜주면 안 되냐? 넌 여기 안 들어가도 살 수 있잖아."

"곤란하군. 오늘은 피곤해서."

재수 없는 낮짝을 세게 갈겨주고 싶었다. 이해가 가지 않는다. 설마 3회차의 유중혁이 여기를 알고 있었을 줄이야. 멸살법에서 유중혁이 최초로 숨겨진 그린 존을 이용하는 것은

4회차의 일이어서 안심하고 있었는데…… 젠장, 서술되지 않았을 뿐 2회차부터 알고 있었던 건가? 그럼 왜 원작 3회차에서는 안 썼는데?

크르르르!

뒤에서 쫓아오는 땅강아쥐 울음소리. 작가를 원망하기에는 너무 늦었다. 파르르 떠는 이길영의 숨소리가 느껴졌다. 나는 유중혁의 눈을 똑바로 바라봤다. 우리는 거의 동시에 말했다.

"아이는 받아주지."

"아이라도 받아줘."

그래도 다행이다 싶었다. 보나 마나 성좌들을 의식한 발언이겠지만.

[그린 존 2/2]

이길영을 내려놓자 그린 존의 표식이 바뀌었다. 이제 이길영은 안전할 것이다.

"형! 잠깐만요! 형!"

이길영이 다급히 내 쪽을 향했지만 유중혁의 단단한 손이 이길영의 어깨를 붙들었다. 나는 달려드는 땅강아쥐를 향해 칼을 휘둘렀다.

[성좌, '대머리 의병장'이 눈을 감습니다.]

[성좌, '악마 같은 불의 심판자'가 안쓰러운 눈으로 당신을 바라봅니다.]

마지막 순간, 유중혁의 입술이 움직이는 것이 보였다.

「내가 죽을 거라고 했잖아.」

밀려드는 괴물의 파도. 이제 남은 그린 존은 없다.

"안 죽는다니까."

나는 괴물을 무시하고 품속에 손을 집어넣었다. 사실 이건 정말 쓰고 싶지 않았다. 아무리 나라고 해도 후유증이 어떨지 장담할 수 없으니까. 이제 [제4의 벽]을 믿는 수밖에.

「그건……?」

경악으로 물드는 유중혁의 눈빛. 자식, 알아봤냐? 하긴, 넌 알아도 절대 못 쓰는 방법일 테니까.

나는 손바닥 위에서 하얗게 빛나는 돌을 내려다보았다.

'스펙터의 영석'.

충무로역으로 오는 길에 유령종 스펙터를 사냥하고 획득한 아이템이다.

콰지직. 수십의 땅강아쥐가 내 전신을 물어뜯기 시작했다. 자잘한 상처에서 피가 터졌고, 그롤의 뿔에 찔린 어깨가 붉게 물들었다.

육체의 내구도가 빠르게 줄어가는 순간, 나는 영석을 그대로 입안에 털어 넣었다. 입 속에서 수증기 같은 것이 피어오르기 시작했다. 수증기는 이내 자욱한 안개가 되었고, 안개는 주변을 모두 덮었다.

[환영 감옥이 활성화됩니다.]

나를 물어뜯던 땅강아쥐와 그롤이 일제히 공격을 멈추었다. 주변의 모든 것들이 일그러지기 시작했다. 플랫폼도, 유중혁도, 나를 애타게 부르는 이길영의 모습도.

그렇게 나는 '유령종'이 되었다.

¤ ¤ ¤

「독자야.」

어머니의 목소리가 들리는 순간 바로 알아차렸다. 이게 꿈이라는 것을.

말려들지 않으려고 발버둥 쳤지만 이번만큼은 쉽지 않았다. 바닥이 수렁처럼 가라앉아 나를 삼켜버리는 기분이었다.

[지나친 몰입으로 인해 '제4의 벽'의 영향력이 일시적으로 약해집니다.]

비대해진 의식이 멋대로 장면을 짜깁기하기 시작했다. 피가 낭자한 거실. 차갑게 식은 남자의 시신. 시신을 내려다보는 여자의 뒷모습. 안 된다. 이 기억은 곤란하다. 떠올려선 안 돼.

고개를 마구 휘저으며 십여 분을 발악한 뒤에야, 장면은 눈앞에서 흩어졌다.

빌어먹을 트라우마…….

내게도 보고 싶지 않은 기억 정도는 있다.

'스펙터의 영석'을 먹기 망설인 이유도 바로 이것이었다. 이 아이템은 사용자를 일시적으로 '유령종'으로 만들어 괴물 눈에 띄지 않게 해주지만, 사용자의 트라우마를 최대치로 폭주시키는 부작용이 있다.

그래서 일행들에게는 주지 못했다. 아마 사용한 그 자리에서 광인이 되어버렸을 테니까.

머리가 깨질 것처럼 아프긴 해도 아직 버틸 만하다.

확실히 [제4의 벽]이 사기는 사기다. 그나마 스킬 덕분에 영석을 먹고도 이 정도로 끝나는 것이겠지. 상급 정신 방벽으로도 이런 효과는 보지 못하리라. 어디 그뿐인가? 내 예상이 맞는다면, 이 스킬은…….

「유중혁? 당신, 유중혁인가요?」

또 트라우마가 시작된 건가 싶었는데, 이번에는 내가 아는 목소리가 아니었다. 내 기억이 만들어낸 목소리가 아니라는 뜻이다. 뒤를 돌아보니 낯선 이가 있었다.

「유중혁은 아니군요. 한국인인 것 같은데, 당신은 대체 누구죠?」

눈부신 금발의 외국인. 작은 키에 스포티한 차림을 한 소녀는 한참이나 나를 들여다보더니 불가해하다는 표정을 지었다.

「대체…… 이해할 수가 없군요. 몇 번이고 미래를 봤지만, 당신 같은 존재는 한 번도 본 적이 없는데…….」

소녀의 왼쪽 홍채에서 불길한 적색이 소용돌이쳤다. 머릿속에서 빠르게 페이지가 넘어갔다. 나는 이 인물을 알고 있다. 아니, 절대로 모를 수가 없는 인물이다. 하필 이럴 때…….

[전용 스킬, '등장인물 일람'을 발동합니다!]

[등장인물 '안나 크로프트'가 '정신 방벽 Lv.6'을 사용 중입니다.]

['등장인물 일람'이 '정신 방벽 Lv.6'을 무시합니다.]

[해당 인물의 관련 정보가 지나치게 많습니다. '등장인물 일람'이 '등장인물 요약 일람'으로 변환됩니다.]

〈등장인물 요약 일람〉

이름: 안나 크로프트

전용 특성: 예언자(전설), 구원자(전설)

전용 스킬: [미래시 Lv.5] [과거시過去視 Lv.4] [통찰력 Lv.8] [천리안 Lv.4] [상급 마법 연마 Lv.4] [정신 방벽 Lv.6] [거짓 간파 Lv.7] [대악마의 시선 Lv.1]……

공간적 제약을 무시하고 멋대로 남의 의식 속에 들어올 수 있는 이. 미래를 보고, 그 미래를 통해 세상을 설계하려 하는 이. 그런 사고방식을 가진 여자는 멸살법에 단 한 사람뿐이다.

"안나 크로프트."

「…나를 어떻게 알죠?」

눈이 휘둥그레진 소녀가 나를 노려보았다. 나는 순순히 대답해주었다.

"나도 예언자거든."

[등장인물 '안나 크로프트'가 '거짓 간파 Lv.7'를 발동합니다.]
['거짓 간파'가 당신의 말이 거짓임을 확인했습니다.]

역시, 진짜 예언자한테 거짓말은 안 먹히는군.

「순순히 정체를 밝히세요. 당신은 누군가요?」

소녀의 작은 입술이 굳게 다물렸다. 시위라도 하는 듯한 모습. 대충 어떻게 된 상황인지 예상은 간다. 내 존재를 눈치챈 것은 아마 [제4의 벽]의 영향력이 일시적으로 약해진 까닭이겠지. [제4의 벽]이 정말 내가 생각하는 그런 스킬이 맞는다면 말이다.

그나저나 실망인데.

"정말 내가 누군지 몰라서 온 거야?"

「…네?」

"내가 보내준 '어룡의 핵', 잘 받아 썼잖아?"

안나의 입이 천천히 벌어졌다.

"핵의 마력으로 '대악마의 눈동자'를 눈에 심었을 텐데? 아니야?"

「서, 설마 당신? 거래소에 '부러진 신념'을 요청한……?」

대악마의 눈동자. 무려 100만 코인짜리 아이템을 후원받은 빌어먹을 '다이아 수저'가, 바로 눈앞의 이 소녀였다. 거참 부럽네.

「당신! 대체 이름이 뭐죠? 어떻게…….」

[전용 스킬, '제4의 벽'의 영향력이 천천히 돌아옵니다.]

「어째서…… 아무것도 보이지가 않지……?」

안나의 눈빛이 흐릿해지고 있었다. 의식에 간섭할 수 있는 [대악마의 시선]의 영향력이 약해지며, 안나의 모습이 점차 희미해졌다. 나는 배웅하듯 손을 흔들어주었다.

"언젠가 만나게 될 거야. 대륙 건너편에서 기다리라고."

[전용 스킬, '제4의 벽'이 완전히 복구됐습니다.]

이윽고 안나의 모습이 완전히 사라졌다. 기척이 사라지자 안도의 한숨이 나왔다. 아까부터 정신이 오락가락하는 중인데 하필 이럴 때 안나 크로프트라니. 별로 일진이 안 좋다.

[스킬의 효과로 '환영 감옥'에 대한 면역이 발생합니다.]

…빌어먹을, 너무 늦잖아.

쨍— 하는 느낌과 함께 의식이 맑게 개는 기분이 들었다. 불쾌감은 여전히 남아 있지만 훨씬 기분이 나아졌다. 천천히 숨을 들이쉬고 내쉬기를 반복한다.

나는 명료한 사실을 하나씩 되짚으며 조금씩 이성을 움직여보았다. 나는 김독자. 세계는 멸망했고, 멸살법은 현실이 되었다. 이곳은…… [환영 감옥] 속이다. 나는 스펙터의 영석을 먹고 잠깐 유령종이 되었다. 유령종이 되면 지하종의 공격을 받지 않으니까.

그래, 그랬지.

그래서 세상이 이렇게 보이는 거야.

술에 취하기라도 한 듯 일그러진 풍경 속에서, 시간의 흐름은 좀처럼 가늠되질 않았다. 조금씩 불안해졌다.

유상아와 이현성은, 정희원은 어떻게 되었을까.

유중혁 자식, 길영이를 죽이거나 하지는 않았겠지?

설마 아직도 세 번째 시나리오가 진행 중인가?

아직도 땅강아쥐가 있으면?

그롤 놈들이 나를 잡아먹기 위해 주변을 배회하고 있으면?

만약 그러면…….

……형.

……제발.

……독자 씨!

정신이 번쩍 들었다.

[전용 스킬, '파마 Lv.1'를 발동합니다!]

그래, 이제 돌아갈 시간이다.

¤ ¤ ¤

흡, 하는 소리와 함께 거친 숨을 토했다.

"독자 씨!"

안개가 개듯 시야가 맑아졌다. 가장 먼저 보인 것은 나를 부축한 유상아의 얼굴이었다. 그 뒤로 염려 가득한 표정의 이현성과 정희원도 보였다.

"……시나리오는요?"

"끝났어요, 독자 씨. 해냈어요. 해냈다고요!"

그런가. 해냈구나.

흥분한 일행들을 보며, 나는 몸을 움직이려 애썼다. 종일 굳은 자세로 있었는지 근육이 좀처럼 말을 듣지 않았다.

"기뻐하기는… 이릅니다."

"네?"

"겨우 하루 버텼을 뿐이니까요. 어제가 사흘째였으니······."

내가 일어나려는 기미를 보이자 이현성이 황급히 다가와 나를 붙잡았다.

"독자 씨! 안 됩니다. 한숨도 못 주무시지 않았습니까?"

"지금 몇 시죠?"

"오전 8시 30분입니다. 시나리오가 끝나고 삼십 분 정도 지났습니다."

8시 30분이라. 다행히 아직 시간이 많이 지나지는 않았다. 그런데 보여야 할 얼굴이 하나 없었다.

"길영이는 어디 있죠?"

"아, 길영이는······."

정희원의 말을 잇기도 전에, 나는 이길영이 어디에 있는지 알 수 있었다. 이지혜를 대동한 유중혁이 몇 걸음 떨어진 곳에서 이길영을 내려다보고 있었다.

······유중혁 저 자식이 왜?

순간, 내 일행을 보고 놀라던 유중혁의 모습이 떠올랐다. 설마 그때 유중혁이 '현자의 눈'으로 본 건······?

"언제 ······를 마쳤지? 분명 전에는 없던 ······인데."

영석의 후유증 때문인지 유중혁의 목소리가 제대로 들리지 않았다. 뒤이어 이길영이 말했다.

"얼마 안 됐어요."

"정말 나와 같이 가지 않을 건가?"

"네."

"저놈보다, 나랑 같이 다니는 게 훨씬 빨리 강해질 수 있다. 그래도―"

"네. 그래도 안 가요."

"…바보 같은 꼬마로군."

눈살을 찌푸린 유중혁이 내 쪽을 흘끗 일별하고는 돌아섰다.

[전용 스킬, '전지적 독자 시점' 2단계가 발동합니다!]

「……운 좋은 놈. 도움이 될 것 같으니 조금 더 살려두도록 하지.」

지지 않고 한마디 해주고 싶은데 몸에 기력이 없었다.

"독자 형!"

깨어난 나를 발견한 이길영이 그렁그렁해진 눈으로 달려왔다. 멀어지는 유중혁의 생각이 머릿속을 울렸다.

「더는 지체할 시간이 없다. 오늘치 공략도 끝내야 해. 그러지 않으면…….」

공략? 무슨 공략을 말하는 거지? 생각을…… 해야 되는데.

젠장, 너무 피곤하다. 몸에 힘을 빼자 유상아가 황급히 나를 안아주었다.

"유상아 씨……."

"네, 네!"

"죄송한데, 저 조금만 잘게요……."

나는 잠에 빠져들었다. 어떤 꿈도 없는, 오랜만에 달콤한 잠이었다.

¤ ¤ ¤

나는 두 시간 뒤 잠에서 깨어났다.

—야, 언제까지 처자고 있을 거야!

시끄러운 소리에 불쾌한 마음으로 눈을 떴더니 두툼하고 딱딱한 감촉이 뺨에서 느껴졌다.

"아, 독자 씨 일어났네."

생긋 웃는 입술. 정희원이 나를 내려다보고 있었다.

"유상아 씨는 내가 잠시 쉬라고 했어요. 우리도 어제 못 잤거든요."

고개를 돌려 보니, 나를 안았던 유상아가 벽에 기대어 새근새근 자고 있었다. 정희원이 웃었다.

"근데 이현성 씨 허벅지는 편해요?"

다시 고개를 돌려 바로 위쪽을 보니 이현성이 잠꼬대를 하고 있었다.

"금일 아침 점호느은…… 당직 사관이 직접 실시한다아……."

뭔가 베개 높이가 안 맞는다 싶더니 이현성 허벅지였나. 군용 베갯잇 냄새가 나는군.

"독자 형……."

묵직한 느낌에 배 쪽을 내려다보니, 이길영이 고양이처럼 웅크린 채 기대어 자고 있었다. 슬며시 고개를 들어 몸을 일으키는 순간, 비형의 목소리가 들렸다.

―하하, 일어났네? 그럼 이거나 받으라고.

그리고 귓가에 쏟아지는 메시지.

[성좌, '악마 같은 불의 심판자'가 당신의 트라우마를 안타까워합니다.]
[성좌, '심연의 흑염룡'이 당신의 과거를 흥미로워합니다.]
[성좌, '은밀한 모략가'가 당신의 어머니를 궁금해합니다.]
[성좌들이 당신에게 1,800코인을 후원했습니다.]

개자식들. 그새 남의 과거를 잘도 훔쳐봤군.

메시지는 끝이 아니었다.

[당신은 '그린 존' 없이 충무로역의 밤을 견뎌냈습니다.]
[당신은 충무로역에서 두 번째로 '끝나지 않는 새벽' 업적을 완수했습니다!]
[업적 보상으로 1,000코인을 받았습니다.]
[보유 코인: 22,650C]

그래도 이 정도면 목표 금액은 달성했다. 괜히 하룻밤을 힘들게 버틴 게 아닌 것이다. 하품을 하던 정희원이 물었다.

"오늘은 어떻게 해야 할까요? 또 어제처럼……."

"아뇨, 안 됩니다. 그건 하루밖에 못 쓰는 방법이에요."

물론 오늘도 운이 좋으면 랜덤하게 생성되는 그린 존을 발견할 수 있을지도 모른다. 불행하게도 멸살법에는 사 일 차의 그린 존 생성 위치가 상세히 명시되어 있지 않다.

"그럼……."

정희원의 표정이 어두워졌다. 하지만 불필요한 걱정이었다.

"오늘 세 번째 시나리오를 완전히 끝낼 겁니다."

"네?"

조심스레 이길영을 눕혀두고 자리에서 일어나 몸을 풀었다.

원래는 이럴 계획이 아니었는데 유중혁 녀석이 딴 맘을 품고 있는 걸 안 이상 사태를 두고 볼 수는 없었다. 어제야 남은 시간이 촉박해서 어쩔 수 없었다지만 오늘부터는 얘기가 다르니까.

"땅부자를 끌어내리러 가죠."

"어떻게요?"

정희원의 질문에, 나는 곤히 잠든 이현성을 바라보며 대답했다.

"아껴두던 비밀병기를 써야죠."

이제 충무로역의 주인을 바꿀 때가 되었다.

08
Episode

긴급 방어전

1

「이현성은 지휘통제실의 당직사관처럼 꾸벅꾸벅 졸고 있었다.」

아마 멸살법이라면 그런 묘사가 있었겠지. 어쩌면 이런 문장도 있었을지 모른다.

「이현성은 모를 것이다. 오늘 자신에게 무슨 일이 일어날지.」

"이현성 씨?"

"……아, 으흠, 잠깐 졸았군요. 독자 씨, 잘 쉬셨습니까?"

"네, 저야 뭐. 그런데 잠꼬대하시던데요. 이병 이현성 어쩌고……."

이현성의 얼굴이 벌겋게 물들었다.

"그, 그게. 병사 생활 때 트라우마가 좀 남아서 말입니다."

"병사 생활? 이현성 씨는 장교 아닙니까?"

"그게…… 상병 때 3사로 편입했습니다."

"그런 경우는 꽤 드물다고 들었는데 군대가 잘 맞으셨나 봅니다."

이현성은 쓴웃음을 지었다. 충분히 이해할 수 있는 웃음이었다. 군대가 잘 맞아서 남는 사람은 좀처럼 없다. 다른 일이 맞지 않아 남는 사람은 있어도. 그럼 슬슬 돌을 좀 던져볼까.

"그래도 이현성 씨가 있어서 다행입니다."

"예?"

"이현성 씨가 앞에서 막아주고 있으면, 안심이 되거든요. 누군가가 지켜준다는 느낌이랄까."

"……그렇습니까?"

이현성이 미묘하게 웃었다. 힘없는 미소지만, 분명 위안을 얻은 듯했다. 나는 간단한 인사를 마친 후 이현성과 멀어졌다.

본래 3회차 전개대로라면, 이현성은 금호역에서 철두파에게서 사람들을 지키며 특성 진화 이벤트를 맞이해야 했다. 하지만 그 기회는 정희원이 가져갔다.

어느새 내 쪽으로 다가온 정희원과 유상아, 그리고 이길영이 나를 보고 있었다. 나는 그들을 마주 보며 소곤거렸다.

"시범은 잘 보셨습니까? 제가 한 것처럼 하시면 됩니다."

"네. 뭐 대충은요. 근데 왜 이런 걸 해야 되는 거예요?"

왜긴, 저것 때문이지.

[등장인물 '이현성'이 책임감을 느끼기 시작합니다.]

 순진한 얼굴로 철제 방패를 벅벅 닦는 이현성을 보며 새삼 깨닫는다. [전지적 독자 시점]이 사기는 사기다. 적어도 '등장 인물'에 한해서는 말이다.

 "현성 씨에게 도움이 될 것 같아서요. 아무래도 요즘 의기소 침해 보이고…… 주변에서 조금씩 북돋워주면 빨리 기운을 차리지 않을까요?"

 나는 정말로 이현성을 위한다는 듯이 말했다. 순진한 유상 아가 고개를 끄덕였다.

 "'칭찬은 고래도 춤추게 한다' 같은 건가요?"

 "비슷해요."

 "알았어요. 저도 현성 씨가 빨리 기운을 차리시면 좋겠어요!"

 유상아와는 달리 정희원은 살짝 미심쩍은 얼굴이었다.

 "독자 씨."

 "네."

 "독자 씨 배후성이 혹시 '외눈 점쟁이' 같은 건 아니죠?"

 "그게 뭡니까?"

 "궁예 몰라요?"

 잘도 수식언을 갖다 붙이는군. 정희원이 멸살법 작가가 아 닐까 하는 생각이 잠깐 들었지만 당연히 그럴 턱이 없다. 왜냐 하면 궁예의 수식언은 '외눈 미륵'이니까.

 "그런 건 아니고, 특별한 스킬이 있습니다. 사람을 잘 이해하는 스킬이라고 해둘게요."

"뭔지 물어도 어차피 알려주지 않을 것 같으니까 그냥 안 물어볼게요."

"고맙습니다."

"근데 그 스킬 나한테도 쓰고 있는 건 아니죠?"

하마터면 표정에 감정이 드러날 뻔했다. 정희원에게 [거짓 간파]가 없어서 얼마나 다행인지 모른다.

"그렇게 아무거나 다 알아낼 수 있는 스킬이 아닙니다."

정희원은 뭔가 생각하는 듯한 눈으로 나를 유심히 바라보더니 이내 빙긋 웃었다.

"흐흠, 확실히 그런 것 같네요."

……대체 뭘 생각한 거지? 나는 괜히 뾰족한 어투로 말했다.

"아무튼, 다들 신경 좀 써주세요. 제일 먼저 정희원 씨, 그다음은 유상아 씨, 마지막은 길영이. 차례대로 돌아가면서 시간 날 때마다 한 번씩 말해주세요."

"'저는 현성 씨를 믿어요! 희망을 가져요!' 그런 느낌이면 되는 거죠?"

"요령껏 말해주세요."

"네, 네. 알았다고요."

그래도 해야 한다. 이번 계획을 성공시키기 위해 이현성의 '특성 진화'는 반드시 필요하니까. 유중혁이 저렇게 나올 줄 알았으면 좀 더 일찍 계획을 세웠을 텐데…… 그래도 열심히 만 하면, 빠듯하긴 해도 오늘 안에 성과를 볼 수 있을 것이다.

실제로 일행들은 그럭저럭 잘 해내는 분위기였다.

"현성 씨는 한결같아서 좋아요. 듬직한 소나무 같달까."

"하하, 감사합니다, 희원 씨. 제가 좋아하는 군가도 마침 '푸른 소나무'입니다."

[등장인물 '이현성'이 뿌듯함을 느낍니다.]

"……그런 건 안 물어봤는데요."

[등장인물 '이현성'이 조금 시무룩해합니다.]

"현성 씨처럼 정의로운 사람은 좀처럼 못 본 것 같아요."

"아… 그렇지도 않습니다. 솔직히 저 같은 사람은…… 그래도, 고맙습니다. 유상아 씨."

[등장인물 '이현성'이 정의에 대해 고민하기 시작합니다.]

"현성이 형 근육 최고."

"고맙다, 녀석."

[등장인물 '이현성'의 자존감이 높아집니다.]

저렇게 영혼 없는 칭찬들이 잘도 먹히다니 이현성이 단순한 캐릭터라 얼마나 다행인지 모른다. 그런 식으로 몇 번인가 비슷한 대화를 반복하자 슬슬 시스템 메시지가 바뀌기 시작했다.

[등장인물 '이현성'이 특성 진화의 계기를 기다리고 있습니다.]

좋아. 순조롭군. 유상아가 조금 걱정스러운 목소리로 속삭였다.

"현성 씨가 좀 부담스러워하시는 것 같아요."

역시 유상아는 착하다. 이런 상황에서도 사람들 마음이 신경 쓰이는 거겠지. 나는 갖고 있지 못한 능력이다.

"조금 그렇기도 하겠죠. 하지만 필요한 일일 겁니다. 세상에는 더 짐을 많이 짊어질수록 더 강해지는 사람도 있잖아요."

"아……."

"잘될 테니 걱정 마세요. 그리고 길영아, 내가 부탁한 건 알아봤어?"

"네, 형."

바로 옆에서 대기하던 이길영이 대답했다. 작은 머리통 위에서 바퀴벌레 한 쌍이 더듬이를 곧추세우고 있었다.

"그 누나, 지하 1층에 있대요."

"고맙다."

이현성은 이 정도면 되었다. 이제 남의 전력을 훔치러 갈 때다. 나는 홀로 환승 계단을 통해 위층으로 올라갔다. 올라가자마자 나를 반긴 것은 건물주 연합원이었다.

"하하, 이게 누구야. 불법 세입자 아니신가."

"……."

"그런 일을 벌이고 잘도 위로 올라오셨네. 어제 '방' 없이 살아남았다던데, 진짜야? 유중혁이가 도와준 모양이지?"

나는 무시하고 걸어갔다. 내가 겁먹었다고 생각했는지 연합원들이 계속해서 이죽거렸다.

"유중혁 따까리로 사는 거 힘들지 않아? 우리 연합에 들어와. 필두 씨가 생각해본다고 했거든."

못 들은 척 지나가며 층마다 남은 그린 존을 센다. 하나, 둘, 셋…… 이 계획이 성공하려면 하나라도 빠뜨려선 안 된다.

"물론 여자들도 모두 데리고 온다는 조건하에 말이야."

남은 그린 존은 총 열한 개. 어제 시나리오로 인해 숫자가 많이 줄어든 모양이었다. 계획을 실행하기에는 아슬아슬한 숫자다.

"어이, 지금 우리 무시하는 거야?"

"듣고 있어. 생각해본다고 전해줘."

내 말에 연합원들이 서로 바라보며 킬킬 웃었다. 지금은 그렇게 웃겠지. 멀어지는 놈들을 뒤로하고 에스컬레이터를 걸어 올라가는데, 등 뒤에서 나타난 칼날이 어느새 내 목에 닿아 있었다. 기척이 거의 안 느껴졌는데…… 초반에 이 정도의 은밀 기동을 자랑할 수 있는 스킬은 하나뿐이다.

[귀신 걸음걸이].

"실망이네, 아저씨."

이지혜. 싸가지가 없어서 그렇지 실력 하나는 출중하다. 괜히 충무공의 선택을 받은 게 아니다.

"아저씨, 저 새끼들이랑 거래하면 그쪽 여자들이 어떻게 될지 모르는 거 아니지?"

"물론 알지."

정희원 손에 저놈들 목이 먼저 달아나겠지. 하지만 이지혜는 아직 정희원이 누군지 모른다.

"아는 사람이 그래? 차라리 어제 죽어버리지 그랬어?"

"칼 치워. 얘기하러 왔으니까."

"얘기? 일부러 날 찾아온 거야?"

"그래."

그 말에 이지혜가 순순히 칼을 치웠다. 돌아보니 이미 이지혜는 뒤쪽에 없었다. 언제 저기까지 갔는지, 지하 1층 개찰구를 넘어가는 길목을 막고 서 있었다. 그새 스텝을 밟아 멀어진 모양이다.

"할 얘기가 뭔데?"

"근데 왜 거기 서 있는 거냐?"

"사부가 여기 지키랬어. 그러니까 아저씨도 못 넘어가."

이지혜가 칼로 개찰구를 툭툭 건드리며 목을 긋는 시늉을 했다. 나는 개찰구 너머로 이어지는 통로를 바라보았다. 지상으로 이어지는 출구 번호들. 하지만 모든 번호가 곧 지상으로 이어지는 건 아니었다. 순간 불길한 예감이 들었다.

설마 유중혁 이 자식, 그 '루트'를 타는 건 아니겠지?

유중혁이 여기를 지키라고 했다면, 녀석의 목적은 하나뿐이다. 시나리오가 진행되는 틈을 타서, 몰래 충무로역의 '히든 던전'을 공략 중인 것이다. 히든 던전 공략. 말은 좋다. 사실 주인공이 강해져서 내가 나쁠 것은 없으니까.

문제는 그 던전은 3회차의 유중혁이 끝까지 깰 수 없는 곳이라는 점이다.

아무래도 일을 빨리 진행해야 할 것 같은데.

"네 도움이 필요해서 왔어."

"내 도움?"

"오늘 공필두 일행을 박살 낼 거야."

"…진심?"

이지혜는 내 진심을 가늠해보려는 듯한 눈빛이었다.

[등장인물 '이지혜'에 대한 이해도가 상승합니다.]

"아저씨 힘으로는 안 될걸. 그쪽 떨거지 일행이 다 덤벼도 무리고."

"네가 도와도?"

자존심이 상한다는 듯 이지혜는 고개를 홱 돌렸다.

그럴 법도 했다. 이지혜는 이미 이 역에 처음 온 날 공필두

에게 도전했을 것이다. 그리고 도망쳤겠지. 때마침 유중혁이
구하러 나타나지 않았다면 그대로 죽었겠지.

"방법이 있어. 네가 도와준다면 실행할 수 있는 방법."

"…사부가 여길 지키라고 했어."

"네가 돕지 않으면 이곳 사람들은 대부분 죽어."

"어차피 죽을 사람들이야."

"유중혁이 그렇대?"

이지혜의 눈빛이 크게 흔들렸다.

"어제 우리랑 얘기하던 남자애가 죽었어. 알지?"

"……알아."

"어쩌면 살 수도 있었어. 오늘도 우리한테 쪼르르 달려와서
유중혁의 무용담을 떠들 수도 있었지."

"그건……."

"유중혁이 그 애를 죽인 거야. 충분히 살릴 수 있었는데도
죽인 거라고."

말을 하면서 복잡한 기분이 들었다. 잘도 번지르르 지껄이
지만, 나 역시 유중혁과 크게 다를 바가 없었다. 지하철에서
도, 금호역에서도…… 나는 구할 수 있을지도 모르는 사람들
을 내 안전이 위협받는다는 이유로 외면했으니까. 위선자일수
록 그럴듯한 말을 지껄일 수 있는 법이다.

"지하철에서 네가 나오는 첫 번째 시나리오 영상을 봤어."

이지혜의 작은 어깨가 흠칫 떨렸다.

"반 친구를 죽이고 살아남는 영상이었지."

"······그만."

"사실 넌 그렇게 하고 싶지 않았을 거야."

[등장인물 '이지혜'가 크게 동요합니다.]

"아저씨가 뭘 알아?"

"내가 알긴 뭘 알겠어. 당연히 모르지. 그냥 내 멋대로 지껄이는 거야."

"······."

"하지만 기왕 멋대로 지껄이는 거, 꼭 이 말을 해주고 싶다. 만약 오늘을 외면하면 넌 평생 후회하게 될 거야. 반드시."

[등장인물 '이지혜'가 깊은 고뇌에 빠집니다.]

나는 '인간' 이지혜는 잘 모르지만, '등장인물' 이지혜는 잘 안다. 이 소녀는 이대로 두면 유중혁의 충성스러운 부하가 될 것이다. 하지만 훗날 이야기이지 아직은 아니다. 유중혁의 강함을 동경하긴 해도, 근본적으로 유중혁과는 다르니까.

이지혜가 입을 연 것은 몇 분 뒤의 일이었다.

"내가 도우면 사람들이 살 수 있어?"

"모두는 아니겠지만 꽤 많이 살아남을 거야."

"···내가 어떻게 하면 돼?"

"오늘 오후 7시에 일을 시작할 거야."

나는 계획을 들려주었다. 이 계획을 실행하기 위해 이지혜가 꼭 해야 할 일만 골라서.

잠자코 듣던 이지혜가 멍하니 입을 벌렸다.

"제정신이야? 정말 그걸 하겠다고?"

"그래."

"……솔직히 잘될 것 같지 않은데. 미리 말해두지만 아직 돕는다고 하진 않았어."

"선택은 네 자유야."

말은 저렇게 하지만 반드시 움직일 것이다. 저 싸가지가 괜히 충무공의 선택을 받은 건 아니니까.

[성좌, '은밀한 모략가'가 당신의 뻔뻔함을 좋아합니다.]

[100코인을 후원받았습니다.]

[이지혜의 배후성이 당신에게 호감을 갖습니다.]

[100코인을 추가로 후원받았습니다.]

이제 준비는 모두 끝났다.

2

　약속한 시간이 되었다. 나는 일행들과 함께 3호선 플랫폼에 모였다. 제각기 자신의 병장기를 확인하고 있었다. 이현성이 일을 제대로 처리한 모양이었다.

　"독자 씨가 부탁하신 대로 모두 나눠드렸습니다."

　그동안 쓰던 무기가 많이 낡았기 때문에 이현성에게 부탁해 새 무기를 제작하도록 했다. 재료는 어젯밤 사투를 벌이던 중 잡은 8급 지하종 그롤이었다. 그롤의 뿔을 깎아 만든 칼과 창. 이것도 오래 쓰기는 무리겠지만 임시방편으로는 적당할 것이다.

　정희원이 만족한 듯 미소를 지었다.

　"훨씬 가볍고 튼튼한데요?"

　"아…… 독자 씨, 현성 씨. 고맙습니다, 정말."

유상아도 고개를 꾸벅 숙였다. 그롤의 뿔로는 둔기를 만들 수 없어서 이길영만 여전히 땅강아쥐 무기를 들었다. 나는 말 없이 바닥만 내려다보는 이길영의 머리를 쓰다듬어주었다. 자식이 시무룩하기는…….

"만만치 않을 겁니다. 어제보다 더 위험한 상황이 될 수도 있어요. 모두 준비는 되셨습니까?"

일행의 고개가 무겁게 움직였다.

"그럼 작전대로 하겠습니다."

지금부터는 시간 싸움이므로 최대한 빠르게 일을 처리해야 했다. 건물주 연합이 사태를 눈치채기 전에 말이다. 정희원과 유상아와 이길영이 각자 맡은 임무를 위해 해당 층으로 사라지자, 나는 이현성과 함께 계단을 오르기 시작했다. 이현성이 자신 없는 목소리로 말했다.

"독자 씨, 잘될지 모르겠습니다."

당신이 이 작전의 핵심인데 그런 소리를 하면 안 되지. 나는 일부러 더 강고한 목소리로 답해주었다.

"잘되어야 합니다."

그러나 이현성은 여전히 주눅 든 얼굴이었다.

"모두 생각보다 저에게 의지하고 있는 것 같아서 부담이 됩니다. 제가 잘할 수 있을지 모르겠습니다."

"현성 씨는 의지할 만한 사람이에요."

"그렇게 말씀해주셔서 고맙습니다. 사실 이런 경험은 처음입니다. 군대 있을 때도 이렇게 신뢰받아본 적은 없거든요."

처음 듣는 이야기였다. 그러고 보니 이현성의 군 생활에 대해 정확히 아는 바가 없다. 멸살법에서도 간단히 언급하고 지나갈 뿐이고.

"이번 일이 끝나면 현성 씨 이야기를 듣고 싶군요."

무심코 지나가며 한 말이었는데 이현성은 생각보다 더 동요하는 듯했다.

[등장인물 '이현성'이 당신에게 마음을 열기 시작합니다.]
[등장인물 '이현성'에 대한 이해도가 크게 증가합니다.]

"독자 씨랑 대화하다 보면, 가끔 이상한 기분이 듭니다."

"네? 어떤…?"

"마치 오래전부터 저를 알고 계셨던 것 같달까…… 잘 설명할 수는 없습니다만……."

이현성이 볼을 벅벅 긁으며 말을 흐렸다.

"아, 이상한 뜻으로 한 말은 아닙니다. 저는 어디까지나……."

"네, 무슨 뜻인지 압니다."

"감사합니다. 얘기하다 보니 독자 씨 이야기도 궁금해지는군요."

"제 이야기요?"

"예. 독자 씨처럼 신기한 사람은 처음 봤습니다. 이 사태가 터지기 전엔 어떤 일들을 하셨는지, 여러 가지가 궁금합니다."

기분이 조금 이상해진다. 내가 읽던 소설의 '조연'이 나에 대해 궁금해하기 시작하다니. 조금 꺼림칙하면서도 간지러운 느낌이었다.

"별로 재미없는 이야기일 겁니다."

"그래도 듣고 싶습니다."

문득 머릿속에 어떤 의문이 스쳤다. 멸살법이 현실이 되지 않았을 때도, 이현성은 나와 같은 세계에서 살아가고 있었을 까. 아니면 소설이 현실이 되면서 갑자기 '생겨난' 인물인 걸 까. 알 수 없었다. 어느 쪽이든 이현성은 이제 '살아 있는' 인 물이 되어 내 눈앞에 있다…… 확실한 것은 그뿐이다.

전방에서 다수의 중년 남성들이 다가온 것은 그때였다.

"오, 유중혁 친구. 협상하러 오셨나?"

왔군, 건물주 연합.

"흠, 근데 너희만 왔어? 다른 사람들은?"

그 말을 하는 남자의 손아귀에는 한 여자의 멱살이 붙들려 있었다. 바로 어제까지 5인짜리 그린 존을 가지고 있던 무리 중 한 명이었다. 내 시선을 의식했는지 남자가 피식 웃었다.

"아, 이 친구가 땅을 안 팔아서…… 그쪽은 신경 쓸 것 없어."

"사, 살려주세요. 살려주세요!"

여자가 애처로운 눈으로 나를 바라보았다. 머릿속에서 절대 선 계열의 성좌들이 아우성치기 시작했다. 하지만 기다렸다. 왜냐하면 여기서 나 대신 앞으로 나서야 할 사람이 있으니까.

"그분을 놔주시죠."

이현성이었다.

"뭐야 넌?"

중년 남성이 아니꼽다는 듯 묻자 이현성이 나를 바라보았다. 허락을 구하는 듯한 눈빛. 나는 고개를 끄덕였다.

[등장인물 '이현성'이 자신의 의지로 정의를 실천하길 원합니다.]
[등장인물 '이현성'의 특성 진화가 임박했습니다.]

연합원들이 병장기를 꺼내 들고 흉흉한 기세를 내뿜었다. 나는 시계를 확인했다. 그럼 슬슬 시작해볼까. 여분의 코인으로 능력치를 올렸다.

[1,200코인을 '체력'에 투자합니다.]
[체력 Lv.15 → 체력 Lv.18]
[체력 레벨이 증가합니다!]
[1,200코인을 '근력'에 투자합니다.]
[근력 Lv.15 → 근력 Lv.18]
[근력 레벨이 증가합니다!]

여기서는 최소한의 투자로 최대치 효율을 봐야 한다.

[보유 코인: 20,450C]

남은 코인은 꼭 써야 할 곳이 있으니까.

콰아아앙!

지하철역 곳곳에서 작은 폭파음이 들려왔다. 이어지는 크고 작은 소란. 일행들의 신호였다.

"현성 씨!"

이현성이 고개를 끄덕였다. 우리는 앞 열을 향해 달려갔다. 당황한 연합원들이 외쳤다.

"뭐야, 이 새끼들!"

[전용 스킬, '백청강기'가 발동합니다!]

"끄아아악!"

여자의 멱살을 잡고 있던 중년 남성의 팔이 그대로 허공을 날았다. 분수처럼 뿜겨져 나오는 피에 순간 연합원들이 얼어 붙었다. 그 틈에 이현성과 나는 그들을 무시하고 달렸다. 뒤늦게 정신을 차린 연합원들이 우리를 쫓아왔다.

"저 미친놈들이! 막아!"

지하 2층 복도. 이제 곧 공필두의 '사유지'였다.

[당신은 사유지를 침범했습니다!]

"포위해!"

앞쪽에 대기하던 건물주 연합원이 우리를 발견했다. 일부가 빠졌는지 예상보다 인원이 적었다. 뒤쪽에 스물, 앞쪽에 열둘.

그래도 둘이서 감당하기에는 많다. 뭐, 감당할 생각도 없지만.

선두와 충돌하려는 순간, 이현성이 철제 방패를 앞세우며 내 앞으로 나섰다.

[등장인물 '이현성'이 성흔 '태산 밀기 Lv.1'를 사용합니다!]

"우와아아악!"

엄청난 근력을 바탕으로 이현성이 원합원들을 도미노처럼 넘어뜨리며 질주하기 시작했다.

[등장인물 '공필두'의 성흔 '무장지대 Lv.4'가 발동합니다!]

곧이어 사유지 곳곳에서 포탑이 일어섰다. 새빨간 마력탄을 충전한 포탑이 발포를 준비하고 있었다. 미니 포탑은 총 다섯 문. 그새 또 무장지대의 레벨이 올라간 모양이었다.

"독자 씨!"

나는 이현성을 제치는 동시에 철제 방패를 넘겨받았다. 단단한 방패의 감촉이 손아귀에 감기자마자 둔중한 충격이 나를 밀었다.

쾅! 콰앙! 콰아앙!

대포를 맞은 듯한 묵직함. 방패를 든 팔에 통증이 일었다. 마력 19레벨의 무장지대는 강력하다. 그래도 버틸 만했다.

[아이템 '부러지지 않는 신념'의 보정 효과로 체력이 20레벨을 돌파하였습니다.]

[한 단계 높은 강인함이 당신의 육체를 보호합니다.]

"건방진 세입자가 오셨군."

방패 너머로 공필두의 무뚝뚝한 목소리가 들렸다.

우리가 마력탄 견제로 발이 묶이자 연합원들 표정에도 여유가 돌아오고 있었다. 철제 방패의 내구도가 움푹움푹 깎여 나갔다. 앞으로 막을 수 있는 탄환은 열댓 발 정도일 것이다.

공필두가 흥미롭다는 듯 말했다.

"무장하고 온 걸 보면 벌금을 내러 온 것 같진 않은데. 무슨 일이지?"

"이제 세입자는 그만두려고."

"재미있군. 내 땅을 탐내는 거냐?"

"글쎄. 그렇다기보다는."

[등장인물 '공필두'의 '사유지' 효과로 불법 침입자들의 능력치가 일부 감소합니다.]

시작되었군. 공필두의 능력이 무서운 이유가 바로 이것이다. [사유지] 디버프에 이은 [무장지대]의 특수 수성守城 효과. 포탑의 발갛게 익은 포신에 붉은 마력이 응축되기 시작했다.

[등장인물 '공필두'의 '미니 포탑'이 '강화 마력탄'을 준비합니다.]

[사유지]와 [무장지대]의 콤보가 깨지지 않는 한, 초반에 공필두를 상대할 수 있는 화신은 거의 없다.

"죽어라."

강화 마력탄이 발사되려는 바로 그 순간, 멀리서 비명 소리가 들려왔다. 여기저기 상처 입은 건물주 연합원들이 이쪽을 향해 달려오고 있었다.

"피, 필두 씨! 땅이⋯⋯!"

날카로운 장도에 다친 흔적들. 이지혜가 움직인 것이다.

이제 때가 되었다. 나는 이현성을 보았다.

"현성 씨, 지금입니다."

이현성의 눈동자가 떨리고 있었다.

"다 부숴버리세요."

기다렸다는 듯 이현성이 주먹을 높게 치켜들었다. 불안함과 초조함이 깃든 눈빛이지만, 물러서지 않겠다는 결의로 확고한 표정.

[등장인물 '이현성'의 특성이 진화합니다!]

눈부신 빛살과 함께 이현성의 몸에 은빛 아우라가 감돌기 시작했다.

나는 조금 감동하며 그 광경을 바라보았다. 이현성의 '특성 진화'는 멸살법에서도 내가 특히 좋아하는 장면 중 하나였다. 강철검제 이현성이 최강의 조연일 수 있었던 이유. 그것은—

[특성 진화로 인해, 새로운 성흔이 개방됩니다.]

적어도 '한 방'에 관한 한, 이현성은 멸살법 최강으로 손꼽히기 때문이다.

[등장인물 '이현성'이 성흔 '태산 부수기 Lv.1'를 사용합니다!]

이현성의 주먹에 모여든 마력이 새하얗게 응집되더니, 이내 이현성의 팔이 상식을 초월할 정도로 거대해지기 시작했다.

"하아아아앗!"

이현성의 주먹이 그대로 바닥을 내리찍었다. 귀를 찢는 폭음이 주변을 휩쓸며, 부서진 바닥이 허공으로 비산했다. 대경한 연합원들이 비명을 질렀다.

"뭐, 뭐야!"

위태로운 균열이 순식간에 바닥을 점령해나가며, 포탑이 선 땅이 뒤틀렸다. 잘못 발사된 마력탄이 엉뚱한 곳에서 터졌다. 폭발이 확산되며 자욱한 먼지구름이 사위를 장악했다. 잠시 후 거대한 진동과 함께 지하 2층 지반이 붕괴하기 시작했다.

['그린 존'이 파괴됐습니다.]

[등장인물 '공필두'의 '사유지'가 파괴됐습니다.]

무너지는 바닥을 보며 사색이 된 공필두를 향해 나는 씩 웃
어주었다.

"우리, 자기 땅이 없던 시절로 한번 돌아가보자고."

3

    시나리오상 쓸모 때문에 공필두를 죽일 수는 없고, 그렇다고 공필두를 자기 땅에서 걸어 나오게 할 수도 없다. 이런 곤란한 딜레마를 풀 때는 차라리 딜레마의 전제에 집중하는 편이 도움이 된다.

    가령 놈이 '사유지' 안에 있는 게 문제라면 사유지 자체를 부수면 되는 것이다.

    "으윽…… 꺼, 꺼내줘."

    "이런 개 같은……."

    다만, 이 방법을 쓰기 위해서는 강력한 무력이 필요했다. 한 방에 거대한 사유지를 부술 수 있는 압도적인 무력. 이현성의 진화를 서두른 것은 그 때문이었다.

    "어어억……."

지하 3층으로 낙하하며 무너진 바닥재에 깔린 사람들이 신음을 흘렸다.

  작전은 성공했다.

  그린 존은 사라졌고 건물주들은 '방'을 잃었다. 먼지 속에서 악에 받친 얼굴의 공필두가 이쪽을 보고 있었다. 녀석이 입을 열려는 순간, 비형의 목소리가 먼저 귓가로 날아들었다.

  ─지금 무슨 짓을 하는 거야! 으아아아!

  '조용히 해.'

  ─미친놈아! 너 때문에 충무로역 도깨비들 난리 났다고!

  안 그래도 머릿속으로 왕왕 울려 퍼지는 성좌들의 메시지 때문에 두통이 일어날 지경이었다.

  [성좌, '긴고아의 죄수'가 당신의 난장을 좋아합니다.]

  [성좌, '대머리 의병장'이 당신의 혁명을 좋아합니다.]

  [성좌, '심연의 흑염룡'이 파괴와 혼돈을 좋아합니다.]

  [300코인을 후원받았습니다.]

  "저, 저 새끼 잡아!"

  "죽여버려!"

  하나둘 일어난 연합원들이 우리를 향해 소리쳤다. 나는 이현성과 함께 아래층 플랫폼으로 달리기 시작했다.

  [전용 스킬, '등장인물 일람'을 발동합니다!]

[사용자 편의에 따라 임의로 지정한 항목만 표시됩니다.]

〈등장인물 요약 일람〉

이름: 이현성

전용 특성: 정의를 되찾은 자(희귀)

전용 스킬: [총검술 Lv.2] [위장 Lv.2] [인내심 Lv.1] [정의감 Lv.2] [무기 연마 Lv.3]

성흔: [태산 부수기 Lv.1] [태산 밀기 Lv.2]

이현성의 진화는 무사히 성공했다. 엄밀히 따지면 겨우 첫 발일 뿐이지만, [태산 부수기]를 사용할 수 있다는 사실만으로도 일행의 전력은 크게 강화될 것이다.

"현성 씨, 앞으로 몇 번이나 더 쓸 수 있겠어요?"

"많아봐야 한두 번이 고작일 것 같습니다."

숨을 헐떡이는 이현성은 상당히 지친 기색이었다. 당연한 일이다. [태산 부수기]급 성흔은 체력과 마력을 엄청나게 소모하는 일종의 궁극기니까. 단순한 물리력으로만 따졌을 때 육체 강화형 스킬 가운데 [태산 부수기]를 능가하는 스킬은 그리 많지 않다.

지하 곳곳에 흩어져 있던 일행들이 이쪽으로 달려오는 모습이 보였다. 나는 선두에서 달려오는 유상아를 향해 물었다.

"안 부순 곳은 없죠?"

"모두 부쉈어요!"

"'방'이 이런 식으로 부서지는 건진 몰랐네요. 다 같이 바닥 전체를 열심히 두들겨줬더니 폭삭……."

뒤따라온 정희원이 첨언했다.

유상아와 정희원, 이길영은 제각기 소규모 그린 존을 맡았다. 공필두의 그린 존을 제외하면 대부분은 3인 미만이었다. 규모가 애매한 그린 존도 있지만, 그것들을 처리할 사람은 따로 있었다.

―야! 내 말 안 들려? 이제 어쩔 거냐고!

비형이 여전히 '도깨비 통신'으로 유난을 떠는 중이었다.

'뭐가 걱정이야.'

―잊었어? 충무로역엔 내 채널만 있는 게 아냐. 이런 짓 하면 무슨 일 벌어질지 진짜 몰라서 그래?

당연히 안다. 아마 공필두를 데리고 있는 채널에서는 지금 성좌들이 난리가 났을 것이다.

'공필두는 누구 채널이지?'

―…비류 녀석 채널이야. BIR-3642.

'비류라면 얼마 전 너 대신에 왔던 그 도깨비?'

―맞아. 그 자식.

'구독좌 구성이 어떻게 돼?'

―'유희 찾기' 집단이 주력인 채널이야.

'유희 찾기' 집단을 주력으로 삼는 도깨비라. 그래서 그때도 방송이 그렇게 과격했군. 잘됐다. 그렇다면 채널 내 반응은 내 예상보다 훨씬 뜨거울 것이다. 다들 '고구마'를 제대로 먹었을 테니까.

4호선 환승 계단으로 내려가자 반가운 얼굴이 보였다. 건들 거리는 장도가 허공을 휘휘 젓고 있었다.

"다 부쉈냐?"

"응. 쉽던데."

이지혜가 맡은 것은 5인에서 8인 규모 그린 존이었다. 정희 원만으로는 제압하기 어려운 쪽을 맡겼다. 과연 유중혁의 제 자, 아니 성웅聖雄의 화신다운 저력이다. 이걸로 충무로역에 남은 그린 존은 없다.

"이제 어쩔 거야? 그 새끼들 미친 듯이 달려올 텐데. 아, 저 기 오네."

내 뒤쪽을 바라본 이지혜가 이죽거렸다.

"참고로 이번엔 안 도와줄 거야."

"바라지도 않아."

훌쩍 물러나는 이지혜를 보며 정희원이 눈을 흘겼다.

"쟤는 뭐죠?"

그러고 보니 정희원은 이지혜에 관해 모르겠구나 싶었지만 알려줄 시간은 없었다.

—하…… 너 이제 엿 됐어, 인마.

비형의 말과 함께 시스템 메시지가 들려왔다.

[현상금 시나리오가 발생했습니다!]

〈현상금 시나리오 - 암살 의뢰〉

분류: 서브

난이도: C

클리어 조건: #BIR-3642 채널 소속 성좌들이 특정 인물을 살해할 것을 요청했습니다. 충무로역의 화신 '김독자'를 해치우시오.

제한 시간: 10분

보상: 2,000코인

실패 시: ―

이런 상황이 펼쳐질 줄 알았다.

아주 재미있게 돌아가는군. 이제 역내 모든 화신이 나를 잡으러 3호선 플랫폼으로 모일 것이다. 곁에 있던 정희원이 물었다.

"지금 독자 씨 죽이면 2,000코인 받는 거예요?"

"왜요, 죽이시려고요?"

"에이, 설마요. 20만 코인쯤 준다면 생각해보겠지만."

이 여자는 20만 코인이 어느 정도 가치인지는 알고 말하는 걸까.

"독자 씨. 제 뒤로 오십시오."

이현성이 먼저 내 앞으로 나섰다. 그 옆을 정희원이 지켰고, 유상아와 이길영도 내 양쪽에서 길을 막았다. 나를 중심으로 방어진이라도 형성한 듯한 광경. 정희원이 웃었다.

"이제 신세 좀 갚겠네."

"독자 씨, 어떻게든 저희가 막아볼게요."

적대감을 보이는 사람들이 우리 주변으로 모여들고 있었다. 분노한 건물주 연합은 물론이거니와, 현상금 퀘스트에 눈이 먼 세입자까지. 무기를 꾹 눌러 쥐는 이길영을 보며, 나는 입을 열었다.

"긴장 안 해도 돼."

가볍게 이길영의 어깨를 두드리며 철길 쪽을 일별했다.

"쟤들이 싸워야 할 건 우리가 아니니까."

몇 회차였더라. 분명 그런 장면을 읽었다. 시간이 없어서 회차 확인까지는 못 했지만, 반복된 회귀로 미쳐버린 유중혁이 충무로역에 오자마자 그린 존을 다 부숴버린 적이 있었다.

그러니까 그때도 지금과 같았다.

[역내의 모든 '그린 존'이 파괴되어 메인 시나리오 시스템이 폭주합니다.]

[남은 시나리오 일정에 맞춰 난이도가 자동 조정됩니다.]

[시나리오 내용이 갱신됩니다!]

〈메인 시나리오 #3 - 긴급 방어전〉

분류: 메인

난이도: B-

클리어 조건: 역내의 모든 '그린 존'이 파괴되어 남은 일수에 맞춰 생성 예정이던 괴물이 한꺼번에 등장합니다. 남은 시간 동안 범람한 괴물에 맞서 살아남으시오.

지속 시간: 8시간

보상: 1,000코인

실패 시: ―

본래 남은 시나리오 지속 기일은 삼 일.

그린 존 시나리오가 폭주하면, 남은 시간 동안 생성될 예정이던 괴물을 한 번에 뱉어내게 된다. 즉 쉽게 말하자면.

[긴급 방어전이 시작됩니다!]

디펜스 게임이 시작된다고 해야겠지.

"뭐, 뭐야!"

나를 향해 조금씩 다가오던 사람들이 당황하며 소리를 질렀다. 스크린 도어 바깥쪽에서 들려오는 위협적인 울음. 잠시 후 성난 파도처럼 꾸역꾸역 밀려오는 괴물들의 그림자가 보였다.

"미친……! 저것들 뭐야!"

3호선 플랫폼은 순식간에 난장판으로 변했다. 사방에서 몰려드는 괴물을 보며 사람들의 얼굴은 사색이 되었다. 어느새 현상금 시나리오 따위는 까맣게 잊은 모습이었다.

선두의 그롤이 달려와 연합원 하나를 물어뜯자, 나머지는 당황해 우왕좌왕 고함을 치며 흩어졌다.

기회는 지금뿐이다. 나는 일행들에게 외쳤다.

"환승길로 달려요!"

다 함께 환승 계단을 전력으로 뛰어올랐다. 위층에 거의 도달했을 즈음, 우리는 신호에 맞춰 동시에 걸음을 멈추고 돌아섰다. 도주로가 막힌 사람들이 불만을 토해냈다.

"뭐야! 빨리 비켜!"

"뒈지고 싶어?"

나는 달려드는 사람 몇을 발로 찬 후 곧장 칼을 뽑아 들었다. [백청강기]가 휘감긴 칼날에 깜짝 놀란 사람들이 주춤 물러섰다.

"아직 상황 파악이 안 되나 보네."

"뭐, 뭣?"

"올라와도 당신들은 살아남을 수 없어."

사람들의 표정에 절망감이 일었다. '방'은 이제 없다. 이 충무로역 어디에도, 괴물에게서 안전한 지대는 없는 것이다.

"우리 보고 어쩌라는 거야!"

"어쩌긴. 맞서 싸워야지."

"미친 소리 말고 꺼져! 모두 너 때문이잖아! 네가 우리 방을 다 부수지만 않았어도……!"

나는 '신념의 칼날'을 전개해 계단에 냅다 꽂았다.

"우와아악!"

계단 가운데 부분이 굉음을 일으키며 무너졌고, 사람들은 추락했다. 잔인하지만 꼭 필요한 일이었다.

"미친……! 빨리 다른 계단 찾아! 빨리!"

글쎄, 생각대로는 안 될걸.

벌써 저만치 달려가는 이현성의 뒷모습이 보였다. 미리 부숴놓은 환승 계단을 제하면, 이제 남은 계단은 하나뿐이다. 곧이어 반대쪽에서 콰르릉, 하고 뭔가 부서지는 소리가 들렸다.

"안 돼! 으아아아!"

3호선 플랫폼에 갇힌 사람들의 절규가 울려 퍼졌다. 언제같이 올라왔는지 옆에서 이지혜가 굳은 표정으로 나를 향해 말했다.

"아저씨. 이건 나한테 한 말이랑은 다르잖아? 저대로 내버려두면 모두……."

"나도 알아."

나는 아비규환이 되어가는 아래층을 내려다보며 말했다. 이대로 가만히 두면, 저들은 모두 죽을 것이다. 그리고 밀려든 괴물들이 서로 몸을 발판 삼아 위층으로 올라오겠지. 그건 내가 원하는 그림이 아니다.

[전용 스킬, '책갈피'가 발동합니다.]
['인물 책갈피'가 활성화됩니다.]
[사용 가능한 책갈피 슬롯: 3개]
[활성화 가능한 책갈피의 목록을 불러옵니다.]

〈책갈피에 등재된 인물 목록〉

1. 망상악귀 김남운(이해도 35)
2. 강철검제 이현성(이해도 65)
3. 선동가 천인호(이해도 20)

3번 책갈피 활성화.

[3번 책갈피가 활성화됐습니다.]
[책갈피 스킬의 레벨이 낮아 활성화 시간이 단축됩니다.]
[활성화 시간: 5분]
[등장인물에 대한 이해도가 낮아 등장인물이 가진 스킬의 일부만이
활성화됩니다.]
['선동 Lv.2'이 활성화됐습니다.]

갑자기 혀가 스스로 살아 있는 듯 꿈틀거리는 느낌이 들었다. 이게 천인호의 기분이었군그래. 나는 아래층을 바라보았다. 아수라장의 한가운데, 멀거니 서 있는 중년 남성의 뒤통수가 보였다.

"어이, 공필두. 언제까지 멍청하게 있을 거야?"

목소리를 들은 공필두가 나를 향해 눈을 부라렸다.

"이 개 같은 놈……!"

"살려면 움직여야 할 거 아냐? 당신이 움직이면 다른 사람들도 살 수 있다고."

공포에 젖은 사람들 귓가에 선동의 힘이 스며든다.

"피, 필두 씨!"

"필두 씨, 살려주십쇼!"

공필두의 표정이 차츰 일그러졌다. 나는 정말 금호역의 천인호가 된 것처럼 말을 이어갔다.

"세 번째 시나리오는 생각만큼 어렵지 않아. 괴물은 모두 '방'을 포기하고 방어전에 참가하면 충분히 상대할 수 있는 수만 나온다고."

내 말은 반 정도는 사실이었다. 내가 이곳에 도착하기 전부터 하나로 단결하여 싸웠다면 피해자는 지금보다 훨씬 적었을 것이다.

결국 이 시나리오의 가장 큰 함정은 그런 존인 셈이었다.

"거기에 공필두 당신이 함께 싸운다면 분명 모두 살아남을 수 있어."

함께 맞서 싸우는 자는 살아남고, 살기 위해 달아나는 자는 죽는다.

[이지혜의 배후성이 수식언을 드러냅니다.]
[성좌, '해상전신'이 고개를 끄덕입니다.]

"이제 당신들이 달아날 '방'은 없어. 건물주든 세입자든, 그런 건 잊어버리고 얼른 싸워. 안 그러면 모두 죽을 테니까."

지금처럼 긴급한 상황일수록 [선동] 스킬의 효과는 최고조에 이른다.

"젠장, 저 망할 놈이……!"

"필두 씨! 도와주십쇼!"

연합원들이 공필두 주변으로 모여들었다. 여기서 혼자 살겠다고 달아나면 공필두의 건물주 연합은 궤멸한다. 결국 공필두가 결심을 마쳤다.

"빌어먹을…… 다들 모여!"

사람들이 공필두를 중심으로 뭉치기 시작했다.

"'무장지대'는 새로 설치하는 데 시간이 걸려. 다들 조금만 버텨!"

핵심은 공필두의 [무장지대]였다. 다만 한 번 자리를 옮길 때마다 설치하는 데 시간이 소요된다는 약점이 있었다. 곳곳에서 피가 튀어 올랐고, 팔다리가 뜯겨나간 사람들이 비명을 질렀다.

"으, 으아악!"

예상대로, 진형에서 가장 먼저 버려진 것은 연합원이 아닌 세입자였다.

"유상아 씨."

"네. 맡겨주세요."

설명하지도 않았는데 유상아는 이미 자기가 할 일을 이해하고 있었다. [실 묶기]를 통해 전개한 마력의 실이, 전투 불능이 된 사람을 하나하나 구출하기 시작했다. 어차피 저들의 임무는 공필두가 [무장지대]를 펼칠 때까지 시간을 버는 것뿐이다.

"으, 으으…… 고맙, 고맙습니다."

다친 세입자가 대롱대롱 실에 매달려 하나둘 위층으로 옮겨졌다.

구출된 자들은 몸을 떨며 힘겹게 다친 부위를 감싸고 있었다. 그 와중에 나와 눈이 마주친 몇몇이 조심스레 병장기를 쥐었다. 나는 그들을 향해 웃으며 말했다.

"아, 현상금 노리시게요?"

['현상금 시나리오'의 시간이 만료됐습니다.]

[화신 '김독자'에게 걸려 있던 현상금이 소멸합니다.]

"아쉽네. 조금 일찍 덤비지 그랬어요."

"죄, 죄송합니다."

그들이 부끄럽다는 듯 병장기를 놓았다. 아래쪽에서 공필두의 우렁찬 목소리가 들렸다.

"모두 비켜!"

[등장인물 '공필두'가 스킬 '사유지 Lv.3'를 사용합니다!]
[등장인물 '공필두'의 성흔 '무장지대 Lv.4'가 발동합니다!]

기계음과 함께 바닥에서 포탑 다섯 문이 고개를 들었다. 붉게 응축된 마력탄이 삽시간에 제각기 발포를 시작했다. 무장지대의 포탄 세례를 받은 땅강아쥐들이 비명을 질러댔고, 그롤들은 기세가 주춤해졌다. 환호성이 울려 퍼졌다.

"여, 역시 필두 씨!"

"우와아아아!"

과연 공필두. 적어도 농성형 시나리오에서만큼은 저 녀석의 전투 효율을 능가할 화신은 존재하지 않는다. 십악이 괜히 십악이 아니다.

"다 뒈져, 이 개자식들아!"

흥분한 공필두가 마구잡이로 포탄을 갈겨댔다. 이현성이 감탄한 듯 말했다.

"정말 엄청난 성흔이군요. 마력 소모가 커 보이는데 괜찮을까요?"

"가성비가 좋아서 당분간은 괜찮을 겁니다."

"저희가 돕지 않아도……."

"공필두 혼자로도 충분해요. 괜히 내려가봐야 포 쏘는 데 방해만 됩니다."

공필두의 배후성인 '디펜스 마스터'는 이런 종류의 시나리오에 완전히 환장하는 녀석이다. 그러니 놈이 공필두를 후원하는 한 절대로 여기서 죽지 않을 것이다. 어디까지나, 후원이 계속되는 한은 말이다.

나는 자리에 다리를 뻗고 앉으며 말했다.

"우린 잠시 꿀이나 빨고 있죠."

"벌써 개인 정비 시간입니까?"

이현성이 나를 따라 자리에 앉자, 긴장이 풀린 일행들도 하나둘 앉기 시작했다. 정희원이 물었다.

"고마워요. 안 그래도 수면이 부족했는데, 조금 자야겠다."

"그러세요."

그대로 십 분쯤 지나자 정희원은 아예 바닥에 드러누워 코까지 골기 시작했다. 그러라고 하긴 했지만 저건 대체 어떻게 된 신경인지 모르겠다.

"이렇게 태평해도 괜찮을까요?"

유상아가 걱정스럽다는 듯 물었다. 하긴 혼란스럽겠지. 지금까지 이렇게나 '편한' 시나리오는 없었으니까. 실제로 우리가 하는 일은 간간이 위기에 빠진 사람을 하나씩 건져 올리는 것이 전부였다.

"줄을 잘 섰다고 생각하세요."

"그럼 저쪽은……."

"줄을 잘못 선 거죠."

아래층의 공필두는 이제 거의 곤죽이 되어가고 있었다.

"우으으으으아아아!"

그러게 사람이 평소에 착하게 살았어야지.

"이런 개…… 망할—!"

끝나지 않는 괴물 행렬 속에서 공필두의 비명이 울려 퍼졌다.

4

전투가 시작된 지 한 시간이 지나도록 공필두는 싸우고 또 싸웠다. 괴물은 거의 줄지 않았지만, 대단한 건 대단한 거다. 공필두가 괜히 십악 중 '최강의 방어'로 손꼽히는 게 아니다.

"죽어라 새끼들아!"

[등장인물 '공필두'의 '무장지대' 레벨이 올랐습니다!]
[등장인물 '공필두'의 '사유지' 레벨이 올랐습니다!]
[등장인물 '공필두'가 '방호벽' 스킬을 획득했습니다.]

[무장지대]를 종일 사용하는 만큼 스킬 레벨업 속도도 빨랐다. 공필두의 배후성도 급해진 모양인지 녀석의 성장세에 맞춰 후원을 퍼붓고 있었다.

저기서 살아남는다면 공필두는 엄청난 성장을 거듭할 수 있으리라. 어디까지나 살아남는다면 말이다.

"흐으어어어어어!"

시나리오에 따르면 공필두는 앞으로 일곱 시간을 더 버텨야 한다. 팝콘이라도 있으면 좋았을 텐데, 아쉽군.

바로 옆에서 이지혜가 낄낄대며 아래층을 구경하고 있었다. 아까는 사람 살려야 한다고 나한테 핀잔을 주더니…… 과연 유중혁 제자다운 태세 전환이었다.

"근데 유중혁은 왜 안 오나?"

"내가 어떻게 알아? 사부는 늘 바빠."

바쁘다…… 그래, 바쁠 수도 있겠지. 원래 혼자 다 처먹으려는 놈이 제일 바쁜 법이니까. 나는 다 죽어가는 공필두를 내려다보며 넌지시 물었다.

"유중혁이 '던전'에 들어간 게 몇 시야?"

"대충 오늘 오전 9시쯤."

이지혜가 말하다 말고 나를 쏘아보았다.

"잠깐만, 사부가 던전 들어간 건 어떻게 알아?"

나는 이지혜를 무시하고 속으로 시간을 계산했다. 지금 시각은 오후 8시. 단순 계산으로도 유중혁이 던전에 들어간 지 벌써 열한 시간이 경과했다. 그런데도 아직까지 나오지 않았다는 것은…….

젠장, 어쩔 수 없이 움직여야 하나. 나는 도깨비 통신을 걸었다.

'비형.'

허공에서 히죽거리던 비형이 내 쪽을 홱 돌아보았다.

―왜? 갑자기.

'도깨비 보따리 좀 열어봐.'

―뭐? 야, 안 돼! 지금 한창 구독좌 늘어나는 중인데!

알 만하다. 방금 내 활약으로 공필두의 주가는 하한가를 갱신하고 있을 것이다. 고구마를 꾸역꾸역 먹는 것도 모자라, 내 함정에 빠져 신나게 호구 짓까지 해대고 있으니, 그 성질 급한 '유희 찾기' 집단 성좌들이 아직도 공필두가 속한 채널에 있을 리가 없다.

그렇다면 채널을 떠난 성좌들은 어디로 가는가?

[새로운 성좌들이 대거 채널에 입장합니다!]

당연히 내가 있는 비형의 채널로 오겠지.

[#BI-7623 채널이 확장을 준비합니다.]

―호호, 호호홋. 이것 봐, 이제 내 채널도……!

비형이 저렇게 신이 날 만했다. 하지만 나까지 희희낙락하고 있을 때는 아니었다.

'채널 망하기 싫으면 빨리 열어. 채널 확장 준비로 잠시 광고 튼다고 하면 되잖아.'

―아, 진짜 싫은데⋯⋯.

비형은 투덜거리면서도 순순히 광고를 내보낸 후 '도깨비 보따리'를 열어주었다. 드디어 그동안 아껴둔 코인을 풀 때가 왔다.

'5,000코인 줄게. 골드 멤버로 승급시켜줘.'

비형은 잠자코 나를 노려보더니 한숨을 쉬었다. 뒤이어 떠오르는 시스템 메시지.

[5,000코인을 소모했습니다.]
[축하합니다! 당신은 '도깨비 보따리'의 골드 멤버가 됐습니다!]

멤버 등급이 바뀌자 '도깨비 보따리'의 배경 화면도 바뀌었다. 역시 코인이 좋긴 좋다. 새로 추가된 아이템 목록이 보였다. 그중에서 필요한 아이템을 장바구니에 집어넣었다.

* 배후 계약서 - 10,000C
* 중급 마력 회복의 물약 × 10 - 5,000C

일단 계약서 한 장이랑 중급 마력 물약 열 개. 이 정도면 되겠지. 당장 지출이 좀 크긴 하지만 곧 채널이 레벨업될 테니 이 정도는 얼마 지나지 않아 복구할 수 있을 것이다.

내가 담은 물품을 확인한 비형이 신경질을 냈다.

―그 계약서는 왜 사는 건데? 벌써 계약 내용 잊었어? 너

배후성 계약 안 하기로 했잖아!

'뭔 소리야? 내가 이제 와서 배후성 계약을 왜 해?'

설령 하더라도 내가 왜 내 코인 주고 계약서를 사겠냐. 하여간 비형 녀석도 어지간히 쫄보다.

[15,000코인을 소모했습니다.]

['배후 계약서'를 획득했습니다.]

['중급 마력 회복의 물약' 10개를 획득했습니다.]

허공에서 물품이 내려오자, 유상아가 호기심을 보였다.

"그건 뭔가요?"

"'갑'을 '을'로 만드는 계약서요."

나는 꼼꼼히 계약서를 작성한 후, '갑'에 내 이름을 써넣고 조용히 기다렸다. 슬슬 '을'께서 반응이 올 때가 되었는데.

[등장인물 '공필두'의 배후성이 주변 성좌에게 도움을 요청합니다.]

드디어 한계에 달한 공필두의 배후성이 다른 채널로 메시지를 보내오기 시작했다. 애초에 놈의 배후성은 그렇게 많은 코인을 가진 성좌가 아니니 당연한 수순이었다. 성좌라고 해서 모두 부자인 것은 아니다.

[성좌, '긴고아의 죄수'가 코웃음을 칩니다.]

공필두가 자초한 고구마로 채널 내 다른 성좌도 후원을 끊었을 테고, 하나뿐인 화신은 말라 죽어가고 있고…… 모두 계획대로다.

뭔가 눈치챈 비형이 중얼거렸다.

—잠깐만, 너 지금 설마…….

나는 거의 반죽음 상태에 이른 공필두를 향해 말을 걸었다.

"어이, 거기."

두두두두! 미친 듯이 포를 쏘아대던 공필두가 힘겹게 내 쪽을 올려다보았다.

"이대로 죽을래, 아니면 나랑 계약할래?"

"뭐, 뭐……?"

"나는 성좌가 아니라서 '배후성'은 못 되지만, 원한다면 '배후자背後者'는 되어줄 수 있는데. 어때?"

"무슨 개소리냐 미친놈아!"

"공필두 넌 찌그러져 있어. 너한테 말한 거 아니니까."

"뭐……?"

나는 한 손에는 홀로그램 계약서를, 다른 한 손에는 중급 마력 회복의 물약을 들고 흔들며 물었다.

"빨리 대답해봐. 나랑 계약하면 이거 전부 지원해줄게."

이윽고 눈앞에 메시지가 떠올랐다.

[등장인물 '공필두'의 배후성이 자신의 수식언을 드러냅니다.]

[성좌, '디펜스 마스터'가 어처구니없다는 듯 당신을 바라봅니다.]

그렇군. 아직 '을'이 되실 준비가 안 되셨다 이거지. 안달하지 않는다. 어차피 시간이 갈수록 급해지는 건 저쪽이니까.

비형이 나를 보며 말했다.

—저기…… 혹시 미친놈이세요?

'또 왜.'

—살다 살다 성좌를 후원하겠다는 놈은 네가 처음이다.

'못 할 게 뭐 있어?'

—저쪽은 성좌야! 하찮은 인간과 계약할 리 없잖아?

'그건 네 생각이고.'

성좌 디펜스 마스터. 녀석은 능력에 반해 격이 낮은 성좌였다. 그가 살던 세계는 오래전 '시나리오'를 겪으며 완전히 멸망해버렸기 때문에 디펜스 마스터의 설화는 이제 회자되지 않는다.

설화가 사라진 성좌는 코인을 수급할 수 없고, 언젠가는 존재조차 사라지게 된다.

디펜스 마스터를 비롯한 일부 성좌가 '화신 찾기'에 집착하는 것은 바로 그 때문이었다. 성좌는 자신이 고른 화신을 통해 존재를 세계에 기억시키기 때문이다.

'저 녀석, 이제 남은 코인이 없어.'

—뭐?

아까부터 공필두의 힘이 급격하게 빠지고 있었다. 디펜스 마스터는 '잠뱅이 군주' 같은 놈이랑은 다르게 자신의 화신을 아끼는 녀석이다. 그런데 공필두가 죽어간다는 것은, 코인이 바닥났다는 뜻이었다.

당연한 얘기지만 코인이 없으면 새로운 〈배후 계약〉은 불가능하다.

그럼 새로운 화신을 만들 수 없는 성좌는 어떻게 되는가?

'공필두가 죽으면, 저 성좌의 설화는 잊혀져.'

성좌에게 잊힘이란 곧 죽음을 뜻한다. 비형의 동공에 희미한 두려움이 깃들었다.

—넌 대체……?

공필두는 수족으로 둘 수만 있다면 더할 나위 없이 좋은 카드다. 그 '유중혁'조차 무수한 회귀 속에서 몇 번이나 공필두를 수하로 거두려 시도했다. 한 번도 성공한 적은 없지만.

유상아가 말했다.

"……독자 씨, 저 사람 저러다 죽겠어요."

공필두가 피가 흐르도록 입술을 깨물고 있었다. 이제 [무장지대]에 남은 미니 포탑은 두 개뿐. 슬슬 치킨런도 끝낼 때가 되었다.

[성좌, '디펜스 마스터'가 계약서 내용을 궁금해합니다.]

왔군. 곁에서 그 광경을 보던 비형이 눈을 껌뻑였다.

—진짜? 아니, 진짜로?

나는 곧바로 계약서를 보여주었다.

[성좌, '디펜스 마스터'가 계약서를 읽기 시작합니다.]

아래층에서 피를 철철 흘리던 공필두가 갑자기 소리쳤다.
자기 배후성의 발언이니, 아마 놈도 메시지를 들었겠지.
"뭐야! 이 메시지 뭔데!"
뭐긴, 네가 팔려 가는 소리지.
"무, 무슨 일입니까 필두 씨?"

[성좌, '디펜스 마스터'가 잠시 고민할 시간을 달라고 요청합니다.]

그리고 잠시 후, 반가운 소식이 들려왔다.

[성좌, '디펜스 마스터'가 일부 계약 항목 수정을 요구했습니다.]
[항목 수정에 찬성할 경우 성좌, '디펜스 마스터'는 당신과의 계약에
동의할 것입니다.]

나는 곧바로 계약서를 읽었다.

1. 화신 '김독자'(이하 갑)는 성좌 '디펜스 마스터'(이하 을)의 재산권을
인정하며, 을의 사유재산인 '공필두'의 생존권을 보장해야 한다.
2. 갑은 '공필두'의 지속적 성장을 위해 필요한 보조 및 지원을 꾸준
히 행해야 한다.

생존권과 성장권의 보장. 사실 명시하지 않아도 될 내용이었다. 공필두가 수족으로 들어오면 죽지 않을 정도로 막 굴려서 키워주는 건 당연한 거니까. 그러니 나한테 정말 중요한 항목은 3번뿐이다.

3. 갑은 현 시간부로 '공필두'에 대한 명령 권한을 가진다(일일 최대 10회).

계약 내용을 모두 확인한 나는 고개를 끄덕였다.
"계약한다."
이윽고 공필두와 나 사이에 희미한 실이 연결되더니, 시스템 메시지가 들려오기 시작했다.

[계약이 체결됐습니다.]
[당신은 계약에 따라 화신 '공필두'의 '공동 배후자'가 됐습니다.]
[당신은 계약에 따라 화신 '공필두'에 대한 명령권을 획득했습니다.]
[해당 계약의 기한은 5년이며, 갱신하지 않을 시 자동 연장됩니다.]

무장성주 공필두를 이렇게 쉽게 얻다니, 유중혁이 알았다면 기절할 일이다. 원작을 후반부까지 읽지 않았다면 나도 '배후 계약서'를 이런 식으로 사용할 수 있다는 걸 몰랐겠지.
나는 유상아에게 회복 물약을 건네주었다.
"이거, 공필두한테 주세요. 한 사십 분마다 하나씩 주면 될 거예요."

그래야 녀석이 메인 시나리오를 깰 수 있다.

유상아를 통해 물약을 건네받은 공필두가 이쪽을 보았다.

"이건 뭐야?"

"먹고 싸우라고."

순간 의심하던 공필두가 이내 물약 뚜껑을 땄다. 푸른색 연기가 녀석의 몸에서 피어오르며, 망가져가던 포탑들이 본래 모습을 되찾았다.

[등장인물 '공필두'의 마력이 회복됐습니다.]

물약이 묻은 입술을 닦은 공필두가 나를 올려다보았다.

"멍청한 놈. 이런다고 네놈을 용서해줄 것 같아? 여기에서 나가면, 그날이 네놈 제삿날—"

"입 다물어, 공필두."

[계약 조항에 따라 '명령권'이 발동합니다!]

"읍, 읍읍? 읍읍읍읍?"

불쌍한 녀석, 자기가 어떤 처지인 줄도 모르고.

"그럼 열심히 싸워라. 내 일행은 건드리지 말고."

"읍! 으읍읍……!"

두두두두두!

고분고분 내 말을 듣는 공필두를 보며 유상아의 눈이 동그랗게 변했다.

"독자 씨? 저 사람 갑자기 왜 저러는 거죠?"

"'갑'을 '을'로 만든 것뿐입니다. 이제 공필두에 대해선 안심하셔도 됩니다."

성좌들의 폭탄 메시지가 쏟아진 것은 그때였다.

[성좌, '은밀한 모략가'가 당신의 발상을 재미있어합니다.]

[성좌, '긴고아의 죄수'가 당신의 전략에 여의봉을 떨어뜨립니다.]

[성좌, '심연의 흑염룡'이 당신을 건방지다고 생각합니다.]

(…)

나름 비밀스레 계약을 진행했는데도 벌써 눈치챈 녀석들이 나타났다. 디펜스 마스터는 상위권 성좌는 아니지만 그래도 성좌였다.

한낱 인간인 내가 무려 성좌와 '공동 배후자'가 되었으니, 성좌들이 받을 충격은 어마어마할 것이다. 개중에는 '심연의 흑염룡'처럼 내게 반발하는 녀석도 있겠지. 하지만.

[상당수의 성좌가 당신을 주목합니다.]

[상당수의 성좌가 당신의 배후성이 되길 원합니다.]

내 가치를 깨달은 성좌가 압도적으로 더 많았다. 내 배후성이 될 수만 있다면 '디펜스 마스터'의 전력까지 이용할 수 있으니 탐낼 만도 했다. 공필두가 있던 채널의 주인, 도깨비 비류가 허공에 나타난 것은 그때였다.

[성좌님들! 왜 갑자기 다 가시는 건데요! 가, 가지 마세요! 조금만 더 기다리시면……!]

졸지에 채널이 망하게 생긴 비류가 허공을 향해 호소하고 있었다. 금호역에서 '생존비'와 '식량 페널티'를 건 망할 도깨비 자식.

[히, 히이이익! 아, 안 돼애…….]

도깨비 비류의 모습이 서서히 흐릿해졌다.

[채널 #BIR-3642가 구독좌 감소로 강제 종료됐습니다.]

채널 하나가 허망하게 망해버리는 광경을 보며, 비형이 떨리는 목소리로 중얼거렸다.

— 저기…… 독자 님?

'왜.'

— 너 설마 처음부터 공필두를 노린 거야? 미친…… 어떻게 인간이…… 나 대체 뭐랑 계약한 거지?

나는 어깨를 으쓱했다. 그럼 이쪽은 정리가 되었고, 슬슬 다음 장소로 이동해볼까. 나는 아직 상황 파악을 못 하고 어리둥절해 있는 일행들을 향해 말했다.

"여러분. 죄송하지만 전 잠시 자리를 비워야 할 것 같습니다."

"네? 지금요?"

"급하게 가봐야 할 곳이 있습니다. 이곳에는 이현성 씨랑 유상아 씨가 남아주세요. 딱히 하실 일은 없고, 시나리오가 끝날 때까지 필두 녀석한테 물약이나 던져주면서 쉬고 계시면 됩니다."

정희원이 물었다.

"저하고 길영이는요?"

"저랑 같이 가시죠."

"어디로요?"

"음…… 잘 설명하긴 어렵지만, 나쁜 놈이 하나 있습니다."

"나쁜 놈이요?"

"네. 사람들이 죽든 말든 혼자 아이템 처먹겠다고 사라진 나쁜 놈입니다. 그놈 뒤통수를 때려주러 갈 겁니다."

그것도 아주 세게. 잠시 고민하던 정희원이 물었다.

"공필두보다 나쁜 놈이에요?"

나는 잠시 고민하다가 말했다.

"훨씬 나쁜 놈이죠."

"가요, 그럼."

"자세한 건 가면서 설명해드리겠습니다."

나는 반색하는 정희원과 이길영을 데리고 움직였다. 그런데 누군가 내 어깨를 붙잡았다. 이지혜였다.

"잠깐, 아저씨. 지금 어디 가려는 거야?"

하여간 감은 좋아서.

"잘됐다. 너도 따라와."

"어딜?"

"유중혁이 위험해."

이지혜는 그 말이 농담이라고 생각했는지 피식 웃었다.

"무슨 개소리야? 사부가 위험하다고?"

내 표정이 여전히 심각하자 이지혜 얼굴에서도 곧 웃음기가 가셨다.

"…진심? 아니, 아저씨가 그걸 어떻게 아는데?"

어떻게 알긴. 아마 네 사부에 대해선 내가 세계 제일, 아니 제이第二의 권위자일 거다.

나는 시간을 확인하며 말했다.

"그 자식, 1번 출구에 있는 히든 던전에 들어갔지?"

"어, 어?"

"그리고 이제 들어간 지 열한 시간이 지난 참이고?"

"어어……."

이지혜가 얼빠진 목소리를 냈다.

내가 기억하기로 원작의 유중혁은 충무로역 히든 던전을 총 여덟 차례 공략했다. 개중 두 번은 실패했고, 여섯 번은 성공했다. 문제는 실패한 두 번이 초반 회차였다는 점이다. 8회차와 11회차. 게다가 8회차의 유중혁은 충무로역 히든 던전에서 죽었다.

그런데 지금 유중혁은…… 3회차다.

"이대로 두면 유중혁은 오늘 죽어."

내 예상이 맞는다면, 우리의 망할 회귀자는 지금쯤 한창 '개
복치 루트'를 타는 중일 것이다.

09
Episode

전지적 개복치

1

우리는 곧장 지하 1층에 있는 히든 던전 입구를 향해 움직였다. 나는 이지혜와 정희원을 앞세운 채, 이길영과 함께 후미에서 걸으며 스마트폰을 보는 중이었다.

「머리가 깨질 것 같은 통증 속에서, 유중혁은 정신을 놓았다.
'이번 생은 포기다.'
그것이 유중혁의 8회차 삶이었다.」

설마, 아니겠지. 아직 이렇게 되지는 않았으리라. 제길, 아직 3회차밖에 안 된 놈이 왜 이렇게 나대는 걸까. 2회차 때처럼 신중하게 움직였으면 중후반 시나리오까지는 어영부영 잘 지나갔을 텐데.

고개를 들자 정희원이 나를 보고 있었다.

"독자 씨, 뭘 그렇게 보세요?"

"아, 달력을 좀…… 상황이 이러니 날짜 감각이 없어져서요."

진짜로 달력을 보는 게 더 재미있을 것 같았다. 가끔은 내가 어떻게 이 소설을 다 읽었는지 신기할 지경이니까.

의심스럽다는 듯 나를 보던 정희원이 이지혜 쪽으로 고개를 돌렸다.

"근데, 지혜라고 했나? 너도 칼 좀 쓰니?"

"네. 칼 좋아해요."

"그렇지? 역시 칼이 최고라니까. 베는 맛이 있달까."

"언니도 그 맛을 아시는군요?"

정희원이 싱긋 웃다가 이지혜의 장도를 가만히 보았다. 한눈에 봐도 광택이 절절 흐르는 게 고급스러운 칼이다. 아마 유중혁이 준 거겠지.

"네 칼 좋아 보인다."

"아, 우리 사부가 준 거예요. 언니는……?"

"내 건…… 내, 내 것도 좋아."

상대적으로 초라해 보이는 자신의 뿔칼을 내려다보던 정희원이, 슬쩍 칼을 반대쪽 허리춤으로 숨겼다. 딱히 내가 잘못한 것도 아닌데 괜스레 미안해졌다.

나는 괜히 이지혜에게 딴죽을 걸었다.

"야, 근데 너는 정희원 씨한텐 존대하면서 왜 나한텐 반말하나?"

"어…… 난 멋있는 언니한테 좀 약한 편이라."

이지혜가 떨떠름한 목소리로 대답하자, 정희원이 귀엽다는 듯 그녀에게 헤드록을 걸었다. [귀살]을 가진 종자끼리는 서로 통하는 게 있는 모양이지.

간신히 헤드록에서 풀려난 이지혜가 물었다.

"근데 아저씬 왜 우리 사부를 구해주려는 건데?"

"동료잖아."

"헛소리하지 말고."

"쓸모 있는 놈이니까."

"……그거 왠지 우리 사부 말투 같은데."

[성좌, '은밀한 모략가'가 당신의 의중을 궁금해합니다.]

생각해보니, 이지혜뿐만 아니라 성좌들 입장에서도 내 행동이 의아할 법했다. 지금도 틈만 나면 날 죽이겠다고 생각하는 놈인데, 구하겠다고 달려가는 게 이상하게 보이기는 하겠지.

[성좌, '악마 같은 불의 심판자'가 타락한 친우를 갱생하고자 하는 당신의 마음을 기껍게 여깁니다.]
[100코인을 후원받았습니다.]

멋대로 오해하는 분도 한 분 계시고. 하지만 '악마 같은 불의 심판자'…… 그러니까 대천사 우리엘의 기대와 다르게, 내가 유중혁을 살리러 가는 것은 지극히 개인적인 이유 때문이다.

　바로 놈의 '사망 회귀'를 막기 위해서다. 유중혁의 능력, 죽을 때마다 과거로 돌아가는 성흔인 [회귀]는 주인공답게 가히 사기적인 능력이었다. 문제는 이 능력이 놈을 제외한 주변 조연들에게는 조금 복잡한 상념을 불러일으킨다는 것이다.

　「그런데, 대장이 회귀한 후의 세계는 어떻게 되는 거야?」

　유중혁의 인생 회차가 두 자리를 돌파한 언젠가, 유중혁에게 그런 질문을 한 조연이 있었다. 이름은 까먹었지만, 그때 유중혁이 한 대답만큼은 선명했다.

　「……나도 모른다. 난 언제나 더 많은 사람이 살아날 수 있는 세계를 택할 뿐이다.」

　말은 그럴듯했지만, 사실은 버려진 세계 따위 자기가 알 바 아니라는 소리였다.

　실제로 멸살법 어디에도 놈이 회귀하고 남겨진 세계에 대해서는 확실한 이론적 언급이 없었다. 과학이든, 마법이든, 뭐든. 내가 불안한 이유도 바로 거기에 있었다.

　회귀자가 사라진 세계는 어떻게 될까? 회귀자와 함께 리셋되는가? 아니면 또 다른 평행우주의 분기로 갈라지는가?

　후자라면 차라리 다행이지만, 만약 전자라면 내 존재는…….

"형?"

"아, 응?"

곁에서 내 옷자락을 잡고 있던 이길영이 걱정스러운 눈으로 올려다보고 있었다.

"다 온 것 같아요."

[권외 지역에 근접했습니다. 시나리오 지역을 이탈하지 않게 주의하십시오.]

떠오르는 경고 메시지. 상관없다. 어차피 충무로역의 히든 던전은 권내로 처리되는 지역이니까.

모퉁이를 돌자 나타난 1번 출구. 그 옆으로 불길한 음영이 일렁이는 던전 입구가 우리를 맞이했다.

['히든 던전'을 발견했습니다!]

[이미 누군가에 의해 발견된 던전입니다. 최초 발견 업적을 획득할 수 없습니다.]

[새로운 히든 시나리오가 도착했습니다!]

⟨히든 시나리오 - 극장 던전⟩

분류: 히든

난이도: A-

클리어 조건: 극장 던전의 주인을 처치하시오.

제한 시간: 없음

보상: 4,000코인

실패 시: ─

놀란 이지혜가 주춤거리며 물러섰다.

"뭐야 이거? 극장 던전?"

이길영도 깜짝 놀란 얼굴이었다. 하긴 '히든 시나리오'는 처음일 테니까. 정희원도 한마디 했다.

"영화관이 던전이라니…… 뭔가 로맨틱하네."

로맨틱이라. 영화관이 얼마나 무서운 곳인지 모르니 하는 소리다.

우리는 곧장 극장 내부로 진입했다. 그러자 낯익은 멀티플렉스의 지하 로비가 우리를 맞이했다.

['극장 던전'에 입장했습니다!]

긴장하며 들어왔는데 던전 내부는 황량했다. 지하 1층부터 8층까지, 총 아홉 층으로 이루어진 멀티플렉스.

"형, 포스터가 전부 찢겨 있어요. 누가 그랬을까요?"

"글쎄."

말은 그렇게 했지만 사실 이유를 알고 있었다.

극장 던전의 핵심은 벽에 붙은 '포스터'에 있다. 아마 유중혁은 포스터마다 깃든 관문을 모조리 격파하며 위층으로 올라갔을 것이다. 보나 마나 관문 보상을 싹쓸이하려는 속셈이겠지.

찢어진 포스터를 제외하면 지하 1층에서 딱히 이상한 점은 발견되지 않았다. 아이템도, 괴물도 없는 광경. 한쪽 구석의 엘리베이터가 문이 일그러진 채 박살 나 있다는 것이 유일한 특이점이었다.

이지혜가 물었다.

"여기 던전 맞아? 왜 아무것도 없지?"

"올라가면 뭔가 나올 거야."

"아저씬 뭔가 알고 있어?"

"조금."

"어떻게? 아저씨 뭔가 좀 수상한데. 혹시 인생 2회차 같은 거야?"

그건 네 사부 얘기고. 하물며 그놈은 두 번째도 아니라……

정희원이 말을 끊었다.

"독자 씨 배후성이 궁예라서 그래."

"진짜요?"

시시덕대는 두 여자를 무시하고 지상 1층으로 발걸음을 옮기려는 순간, 갑자기 이길영이 나를 붙잡았다. 녀석의 머리 위에서 바퀴벌레가 더듬이를 격렬하게 움직였다. 이지혜가 칼을 뽑은 것과 내가 입가에 손을 가져다댄 것은 거의 동시였다.

"쉿, 우리 말고 누가 있어."

숨을 죽이자 작은 인기척이 들려오기 시작했다. 바로 위층. 처음에는 유중혁인가 싶었지만 유중혁 목소리가 아니었다.

"……그러니까, 확실한 거지? 여기에 그게 잔뜩 있다는 게."

"그렇다니까. 그쪽에서 1,000코인이나 주고 산 정보라고."

"〈선지자들〉 말이지?"

"그래. 좀 음침하긴 해도 정보는 확실한 놈들이야."

두런두런 들려오는 이야기 소리. 우리는 에스컬레이터를 한 걸음씩 올라가 놈들 근처까지 접근했다. 네 명의 사내가 1층 로비에 모여 있었다. 이지혜가 귓속말로 속삭였다.

"저놈들은 누구지? 충무로역에서 한 번도 못 본 얼굴인데."

"아마 지상 쪽 입구로 들어온 놈들일 거야."

"지상 쪽? 거기는 맹독 안개가 깔려 있잖아? 게다가 시나리오도—"

"역마다 시나리오 종류와 진행 속도가 달라. 우리 역보다 빨리 시나리오를 끝냈겠지. 약한 중독이야 지하종 고기를 먹으면 되니까."

말은 그렇게 했지만 당황스럽기는 나도 마찬가지였다.

……〈선지자들〉?

유중혁의 어떤 인생 회차에서도, 그런 놈들에 대한 정보는 없었다. 애초에 이 시점에서 히든 던전의 정보를 아는 사람은 나와 유중혁밖에 없어야 했다.

대체 무슨 변수가 발생한 거지? 아무래도 알아볼 필요가 있었다.

"그럼 들어가보자고."

사내들의 말과 동시에 허공에 청색 스포트라이트가 켜졌다. 환한 불빛이 사내들을 감싸 안는가 싶더니 이윽고 그들이 시야에서 사라졌다.

"저게 어떻게 된 거죠?"

정희원이 물었지만, 나는 대답 대신 벽면에 붙은 포스터를 살폈다. 이건 찢어졌고, 저것도…… 마지막에 도달해서야, 유일하게 찢기지 않은 포스터가 보였다. 포스터에 적힌 문구를 읽었다.

—지금 이곳에서, 인류에게 잊힌 시대가 재현된다.

유중혁 이 자식. 하필 이것만 남겨놓은 건가? 역시 3회차는.

그 순간, 불빛이 다시 한번 밝아졌다. 위이이잉— 하는 소리와 함께 청색 스포트라이트가 우리를 겨눴다. 기겁한 이지혜와 이길영이 놀라서 물러섰으나 피할 방도는 없었다. 원래 맞게 되어 있는 광선이니까.

나는 마지막 순간 정희원에게 물었다.

"희원 씨, 영화 좋아해요?"

"당연하죠. 보통은 다 좋아하지 않아요?"

"그럼 이제부턴 싫어질지도 모릅니다."

"네? 갑자기 무슨—"

[영사 광선을 맞았습니다.]

[해당 층의 상영이 시작됩니다.]

주변 풍경이 서서히 변하기 시작했다. 단순한 환영이 아니기 때문인지 전처럼 [제4의 벽]은 통하지 않았다. 낡은 리놀륨 바닥은 초록빛 수풀로, 티켓 판매소와 팝콘을 튀기던 매점은 무성하게 우거진 우림으로 변했다. 천장은 구름 한 점 없는, 끝이 보이지 않는 푸른 하늘로 뒤바뀌었다.

당황한 이지혜가 중얼거렸다.

"여기 대체 어디야?"

이지혜가 소리를 지르며 주변 나무와 수풀을 마구 베어보았지만 변하는 것은 없었다. 이길영은 침착한 얼굴로 벌레를 찾기 시작했다.

나는 시험 삼아 근처 나무를 만져보았다. 딱딱하고 습한 질감. 중생대를 재현한 진짜 열대 우림이었다. 스펙터의 [환영 감옥]과는 차원이 다른 사실감. 역시 이건 던전 8층에 있을 '극장 주인'의 힘이겠지.

"여긴 영화 속입니다."

"정말 말도 안 되는 일만 일어나네……."

소설도 현실이 되었는데, 영화라고 현실이 되지 말라는 법은 없다. 적응이 빠른 정희원은 금방 납득하는 기색이었다.

"아저씨, 이거 무슨 영환데?"

"곧 알게 될 거야."

"그냥 알려주면 안 돼? 잠깐만, 꼬맹이 너 뭐 하는―"

그 순간, 수풀이 움직거리더니 이길영 앞으로 뭔가가 튀어
나왔다. 거대한 사마귀를 닮은 곤충이었다. 크기는 대략 40센
티미터쯤 될까. 기겁한 이지혜가 장도를 고쳐 잡으며 외쳤다.

"야, 꼬맹이! 물러서 빨리!"

그러나 이길영은 뭘 그렇게 호들갑이냐는 표정이었다.

"앤 티타노프테라라는 트라이아스기의 곤충이에요."

"뭐?"

이길영은 그대로 티타노뭐시기라는 곤충에게 손을 뻗었다.
곤충은 손길을 거부하지 않았고, 잠시 후 이길영과 곤충의 몸
이 푸른빛에 감싸였다.

이지혜가 멍청한 얼굴로 나를 보았다.

"쟤…… 뭐야?"

"파브르."

역시 이길영을 데려오길 잘했다. 녀석의 능력이라면 생각보
다 쉽게 관문을 통과할 수 있을지도 모르겠다. 거대 사마귀가
커다란 입을 움찔거렸고, 이길영은 연신 고개를 끄덕였다. 잘
모르겠지만 뭔가 대화를 하는 거겠지. 그런데 잠시 후 이길영
의 안색이 창백해지기 시작했다.

왜 저러지?

이길영이 황급히 나를 돌아보았다.

"형!"

말이 떨어지기 무섭게 지축이 흔들리는 소리가 들렸다. 거대한 야자나무를 통째로 박살 내며 뭔가가 엄청난 속도로 달려오는 게 보였다.

그으으으으!

우림 사이에서 주둥이가 시뻘건 피로 흥건한 거대 파충류가 등장했다. 그 앞에 몇몇 사내가 피투성이가 된 채 이쪽으로 달려오고 있었다. 아까 우리보다 먼저 들어와 있던 사람들이었다.

"끄아아아악!"

"사, 살려줘!"

주춤주춤 물러서던 이지혜가 정희원을 향해 말했다.

"무슨 영환지 알겠어요."

"응, 나도."

10여 미터는 훌쩍 넘는 체고에, 단단한 갑피. 전신을 장악하는 폭력적인 근육. 중생대 최강의 포식자가 눈앞에 있었다. 얼핏 봐도 7급 괴수종에 준하는 녀석. 아직 던전이 1층인 것을 감안하면 극악의 난도지만 오히려 가슴이 뛰었다. 왜냐하면 히든 던전은 어려울수록 보상이 좋으니까. 나는 칼을 뽑으며 말했다.

"모두 준비하세요."

아마 유중혁은 소재만 보고 이 영화를 건너뛰었을 것이다.

x

극장 던전의 주요 보상품은 해당 영화의 소재와 관련이 있다. 공룡만 잔뜩 나오는 영화에서 쓸 만한 보상이 나올 리 없다고 생각했겠지. 하지만 놈은 몰랐으리라. 이 영화에도 정말 중요한 보상이 숨겨져 있다는 사실을.

이지혜가 질린 목소리로 물었다.

"진심? 저런 거랑 싸우겠다고?"

"출구를 만들려면 저놈을 잡아야 돼."

"출구를 만들다니?"

"여긴 영화 속이야. 잊었어?"

성큼성큼 다가오는 티렉스의 거구. 녀석의 뒤쪽으로 섬의 중앙 연구소가 보였다. 그리고 연구소 옥상에 준비된 탈출용 헬리콥터.

이곳은 영화 속이다. 극장 던전의 주인이 실체화한 영화 속.

그러니 이곳을 탈출할 방법은 하나뿐이다.

"멋진 엔딩을 만들어보자고."

2

샛노란 눈빛이 우리를 향한 순간, 귀청을 찢는 포효가 울려
퍼졌다.

[7급 지룡종, '티라노사우르스 렉스'가 당신을 인식했습니다.]
['티라노사우르스 렉스'가 스킬 '포식 공포'를 발동했습니다!]
[전용 스킬, '제4의 벽'이 '포식 공포'의 효과를 차단합니다.]

[제4의 벽] 덕분에 마음은 평온했지만, 솜털이 오싹오싹 일
어서는 것만큼은 막을 수 없었다. 이게 피식종의 공포라는 거
겠지.

"다들 피해요!"

일순 굳어 있던 정희원과 이지혜가 정신을 차렸다. 나는 바

로 곁에 있는 이길영을 안고 뒤쪽으로 달렸다.

콰콰콰콰!

큼지막한 꼬리가 전방의 수림을 모조리 부수며 날아들었다.

"쿠어어억!"

달려오던 사내들이 등을 맞고 피를 토하며 나가떨어졌다. 다행히 정희원과 이지혜는 아슬아슬하게 위험지대에서 벗어난 모양이었다. 나는 이길영을 내려놓으며 외쳤다.

"길영이는 뒤로 빠지고, 희원 씨랑 지혜는 좌우로 흩어져요!"

곁에서 메시지가 떠오른 것은 그때였다.

[인물 '이길영'이 스킬 '공룡 도감'을 발동합니다!]

…웅?

"티라노사우루스는 몸집에 비해 민첩한 편이지만, 시야가 좁아서 사각의 공격에 취약해요."

"뭐?"

"어릴 때 도감에서 봤어요."

"어릴 때?"

"……지금보다 더 어릴 때요."

하긴, 쓸데없는 태클을 걸 때가 아니었다.

[전용 스킬, '백청강기'를 발동합니다!]

나는 빛나는 칼날을 이리저리 흔들며, 티렉스의 시선을 끌기 시작했다. 이지혜도 정희원도 탱커형은 아니다. 이길영은 말할 것도 없고. 그러니 여기서 위험을 감수할 사람은 나밖에 없다.

"내가 시선을 끌 동안, 녀석의 후방으로—"

말이 끝나지도 않았는데 이미 이지혜와 정희원은 티렉스의 후방으로 내달리는 중이었다. 눈치들이 빨라서 좋다.

[7급 지룡종, '티라노사우르스 렉스'가 당신을 표적으로 삼았습니다.]

달려드는 녀석의 이빨을 간신히 피하자 뒷발이 날아들었다. '부러지지 않는 신념'을 휘두르기도 전에, 연이어 꼬리가 머리 바로 위를 스쳤다. 오싹한 전율이 전신을 훑었다. 체력이 20레벨을 돌파했으니 맞는다고 죽지는 않겠지만, 그래도 아찔한 건 아찔한 거다.

어쩌면 지금까지 운이 좋았던 건 나인지도 모른다. 스치면 죽는 '개복치'는 유중혁이 아니라 사실 나일지도.

스각!

그사이에도 정희원과 이지혜는 후방에서 착실하게 타격을 주고 있었다. [검술 연마]와 [검도]의 콤보. 휘황한 검격이 티렉스의 굵직한 다리에 상처를 냈다. 이대로 [귀살]까지 발동한다면, 시간은 조금 걸리겠지만 티렉스를 무리 없이 잡을 수 있을 것이다.

"형! 제가 시선을 끌게요!"

뒤쪽에 빠져 있으라니까 말을 안 듣고.

"아냐, 길영이 넌—"

"할 수 있어요!"

갑자기 이길영이 앞으로 나오며 알 수 없는 수신호를 보내기 시작했다. 저건 또 뭔가 싶었는데, 어디선가 날아온 거대 사마귀가 티렉스의 눈을 찌르고 달아났다. 아까 그 티타노뭐시기 하는 곤충이었다.

그오오오!

시야를 교란하는 사마귀의 움직임에 티렉스의 눈동자가 혼란스럽게 움직였다. 현란한 손동작으로 보아 저 사마귀는 이길영이 조종하는 모양이었다. 나는 새삼스럽게 이길영을 내려다보았다.

아까 도감도 그렇고, 이 녀석 사실 엄청난 사기 캐릭터 아냐? 유중혁이 탐을 낼 만도 했다.

크우, 그워어어어!

이길영의 맹활약 덕에 전황은 순식간에 유리해졌다. 티렉스의 움직임은 많이 둔해졌고, 어느새 정희원과 이지혜도 눈빛에 붉은 살기가 감돌고 있었다.

[귀살].

정신 공격에 취약하다는 단점이 있기는 하지만, 흥분도가 높아질수록 전투력이 강해지는 좋은 스킬이다. 눈동자를 불태우는 두 여자가 쾌속하게 우림을 누비는 광경은 그야말로 장관이었다.

이렇게 보니 이지혜를 유중혁한테 뺏긴 게 꽤 속이 쓰리다. 그래도 잠재적 성장 가치로는 정희원 쪽이 압도적이다. '멸악의 심판자'는 그만큼 좋은 특성이고, 정희원은 아직 〈배후 계약〉도 하지 않았으니까.

슬슬 티렉스의 체력도 많이 깎인 것 같고, 막타를 넣어볼까.

['신념의 칼날'이 활성화됩니다.]

나는 남은 마력을 칼날에 집중하기 시작했다. 나는 배후성도 없고, 정희원이나 이지혜만큼 날렵하지도 않다. 하지만 그렇다고 해서 전투력이 약한 것은 아니었다. 내게는 그 모든 것을 극복할 아이템이 있으니까.

['부러지지 않는 신념'의 특수 옵션이 발동합니다.]
[에테르 속성이 '불꽃'으로 변환됩니다.]

순식간에 1미터 이상 늘어난 칼날에 불꽃이 휘감겼다. 엄청난 마력이 한꺼번에 빨려나가며 피로가 몰려왔다. 나는 곧장 티렉스의 후방으로 달렸다.

"다들 비켜요!"

움직임이 느려진 티렉스가 멈칫하는 순간, 나는 녀석의 꼬리를 타고 달려 올라갔다. [균형 감각] 스킬이 없어서 몇 번이

나 넘어질 뻔했지만, 놈의 표피에 칼날을 마구 박아대며 어떻게든 떨어지는 것은 면했다.

크오오오오!

티렉스가 전신에서 피를 쏟으며 바닥에 뒹굴었다. 나는 닥치는 대로 칼날을 박아 넣었다. 칼을 뽑은 상처에서 불길이 일었다.

고통스럽게 숨을 헐떡이던 티렉스의 노란 눈동자가 마지막으로 나를 노려보더니 그대로 뒤집혔다.

[최초로 7급 지룡종 '티라노사우르스 렉스'를 사냥하는 데 성공했습니다!]

[보상으로 1,000코인을 획득했습니다.]

"아…… 진짜 잡았네."

"내가 할 수 있다고 했잖아요."

숨을 몰아쉬던 정희원이 내 말에 뿌듯한 표정을 지었다. 티렉스 정도면 7급 괴수종 중에서도 상위권이니 충분히 자랑스러워해도 된다. 뒤늦게 달려온 이지혜가 나를 향해 구시렁거렸다.

"뭐야, 내가 다 잡아놓은 건데!"

"무슨. 한참 더 때려야 죽는 거였다고."

나는 괜히 생색을 내며 검을 닦았다. 정희원이 물었다.

"근데 이 영화에 티라노 잡는 장면이 나왔어요?"

"그건 아니지만, 이게 더 재미있지 않습니까?"

"…네?"

"장르가 판타지 액션 모험이면 이 정도는 해줘야죠."

그 순간, 머릿속에 시스템 메시지가 떠올랐다.

[극장 주인이 바뀐 엔딩에 만족합니다.]

정희원이 황당하다는 듯 소리를 질렀다.

"엑?"

그렇다. 극장 던전의 공략법은 '진짜 엔딩'을 보는 것이 아니다. 그랬더라면 유중혁도 이 던전을 못 깼겠지. 이 던전의 핵심은 극장 주인이 원하는 엔딩을 만드는 것. 참고로 이 극장 주인은 극도로 '사이다' 전개만을 고집한다.

"이제 알겠죠? 그냥 다 부수면 돼요."

즉 엔딩에 걸림돌이 되는 것들을 다 치워버리면, 영화는 자연스레 결말을 맺게 된다.

[이제 다음 층으로 이동할 수 있습니다.]

[연구소 상층의 헬기장으로 이동하십시오.]

"조금만 있다가 이동하죠. 보상도 좀 챙기고."

나는 그렇게 말하고 티렉스 주변을 살피기 시작했다. 얼마 지나지 않아, 우리보다 먼저 들어온 사내들 중 하나를 발견할 수 있었다. 나머지는 티렉스에게 먹히거나 찢겨 죽은 모양이었다.

"이봐요, 정신 차려요."

"으, 으어어……."

등에서 계속 피가 쏟아지고 있었다. 티렉스의 발톱에 당한 상처. 뼈가 통째로 드러난 것으로 보아 이미 회생은 불가능한 상태였다.

"천천히 숨을 내쉬세요."

"쿠, 쿨럭! ……살려……."

나는 가져온 식수를 먹였다. 사내는 벌컥벌컥 물을 마시더니 다시금 피를 토했다. 어쩔 수 없이 급한 질문부터 하기로 했다.

"어떻게 이곳을 안 겁니까?"

"선, 선지……."

"〈선지자들〉이 대체 누구죠?"

사내의 숨이 더욱 거칠어졌다.

"계, 계시를…… 받은, 자들……."

……계시?

"살고…… 싶어……."

푸학, 하는 소리와 함께 사내의 입에서 핏줄기가 터져나왔다. 숨이 끊어진 사내는 그대로 축 늘어졌다. 정희원을 비롯한 일행이 뒤쪽에서 다가왔다.

"그 사람은……?"

나는 고개를 저으며 쓰러진 사내를 내려다보았다.

'계시'라. 재미있는 헛소리다.

멸살법에 그와 비슷한 능력은 '미래시'뿐이고, 그 능력을 가진 이는 예언자 안나 크로프트뿐이다. 그렇다면 답은 하나뿐이었다.

나 말고 또 있었군. 하지만 나만큼 잘 아는 놈들은 아니야.

직접 오지는 않고 이곳에 관한 정보를 흘려 시험해봤다는 것이 그 증거다.

"독자 씨?"

"잠시 쉬었다 가죠."

우리는 시신을 커다란 나뭇잎으로 덮어준 뒤 죽은 티렉스 근처에 모였다. 유중혁을 쫓아가려면 서둘러야 했지만, 충분한 휴식을 취하지 못한 채 쫓아가면 만나기도 전에 일행이 전멸하는 수가 있었다.

나는 티렉스의 사체를 뒤졌다.

머리와 심장 안쪽을 찾아봤지만 아쉽게도 괴수종의 핵은 찾을 수 없었다. 소득이 없는 것은 아니었다. 불꽃으로 푹 익어버린 티렉스를 보던 정희원이 침을 삼켰다.

"…혹시 이것도 먹을 수 있을까요?"

"마력 불꽃으로 익힌 거니까 먹어도 됩니다. 안 익은 부분은 마력 화로로 익히면 되고요."

우리는 티렉스의 다리를 둘러싸고 나란히 앉았다. 자작하게 익은 티렉스 살점을 조금씩 도려내자 모락모락 김이 올라왔다. 이길영이 탄성을 질렀다.

"새로운 고기!"

성질 급한 이지혜가 먼저 달려들어 한 점을 뜯었고, 나를 비롯한 나머지 일행도 큼지막한 살점을 하나씩 집었다. 이만한 크기의 고기라니. 회사원 시절에는 꿈도 못 꾸던 사치였다. 눈을 감은 채 맛을 음미하던 이지혜가 황홀한 목소리로 중얼거렸다.

"아, 세상에서 제일 맛있어."

맛있긴 정말 맛있다. 탱탱한 근육 사이로 지방이 적당히 휘감겨 있어서 땅강아쥐와는 육질의 격이 다르다. 한 입 베어 물 때마다 혀끝에 감겨드는 쫀득함이란…… 유상아가 있었으면 분명 울면서 먹었을 텐데.

한참이나 말없이 고기를 뜯고 나니 포만감과 함께 체력이 회복되는 것이 느껴졌다. 상급 괴수종 고기는 이처럼 특별한 효능이 있다. 간혹 못 먹는 것도 있으니 주의해야 하지만. 정희원이 아쉽다는 듯 말했다.

"후우…… 잘 먹었다. 진짜 맛있는데 더 못 먹어서 눈물 날 것 같아요."

적당히 휴식을 취한 후 우리는 섬 중앙 연구소로 곧장 움직였다.

가는 길에 랩터 몇 마리와 마주쳤지만, 티렉스도 잡은 마당에 랩터를 못 잡을 리가 없었다.

실험실 곳곳에 플라스크와 앰플이 즐비했다. 작은 인큐베이터에는 배아 중인 공룡이 들어 있고, 혈액 샘플 채취를 위한 호박석도 있었다. 없는 것은 사람뿐이었다.

　내부동으로 들어가자 눈길을 끄는 아이템이 몇 개 있었다.

　[체력 강화 앰플].
　[마력 강화 앰플].
　[민첩 강화 앰플].
　[근력 강화 앰플].

　역시 있군. 나는 일행들이 정신이 팔린 틈을 타서 앰플을 챙기기 시작했다. '어룡의 핵'과 마찬가지로, 이 역시 초반 시나리오에서만 얻을 수 있는 몇 안 되는 종합 능력치 성장 아이템이었다.

　심지어 앰플은 한두 병이 아니었다. 족히 스무 병에 가까운 양. 이거라면 폭발적으로 능력치 레벨업이 가능할 것이다. 종합 능력치에 투자할 코인을 계속 아낀 것은, 바로 이 히든 시나리오를 예상했기 때문이다.

　이 앰플은 해당 종합 능력치가 30레벨 미만일 때만 쓸 수 있었다.

　"아저씨, 지금 뭐 챙겨?"

　……하여간 귀신 같은 녀석.

　"뭐야, 체력 강화 앰플?"

　앰플 하나를 가로챈 이지혜의 눈이 커졌다.

"혼자 다 먹으려는 건 아니지?"

"다 먹긴. 당연히 나눠주려고 했지."

"언니, 이것 좀 봐요! 이 아저씨가……!"

소란에 나머지 두 사람도 가까이 다가왔다. 아이템 정보를 확인한 정희원도 깜짝 놀라 말했다.

"맙소사…… 이런 아이템도 있어요?"

"뭐, 히든 시나리오니까요."

나는 조금 못마땅한 투로 말했다.

젠장, 이건 좀 곤란한데. 티렉스를 나 혼자 잡은 건 아니니까 혼자 먹는 것도 양심에 좀 찔리지만, 그냥 나눠주기도 아까웠다.

[독식을 좋아하는 몇몇 성좌가 상황을 못마땅하게 생각합니다.]

근력 강화 앰플을 뚫어지게 보던 이지혜가 먼저 입을 열었다.

"근력 강화 앰플은 나 주면 안 돼? 나 근력 엄청 모자라단 말야."

[전용 스킬, '등장인물 일람'을 발동합니다!]

성흔과 종합 능력치까지 포함한 요약 버전으로.

〈등장인물 요약 일람〉

이름: 이지혜

전용 특성: 상처받은 검귀(희귀)

전용 스킬: [검술 연마 Lv.4] [귀살 Lv.1] [절대감각 Lv.2] [귀신 걸음걸이 Lv.2]

성흔: [해상전투 Lv.1] [대군지휘 Lv.1]

종합 능력치: [체력 Lv.13] [근력 Lv.17] [민첩 Lv.13] [마력 Lv.10]

이 요망한 녀석이 어디서 구라를…….

"응? 희원 언니, 저거 제가 가지면 안 돼요?"

"음. 독자 씨가 발견했으니까 독자 씨가 결정하는 게……."

솔직히 유상아와 이길영한테 가는 건 상관없지만, 이지혜한테 주기는 조금 아까웠다. 얘는 어차피 유중혁 라인인데.

[성좌, '악마 같은 불의 심판자'가 당신의 공평함을 기대합니다.]

공평함이라…… 그래, 내가 아는 가장 공평한 게임이 하나 있지. 나는 씩 웃으며 말했다.

"가위바위보 어때?"

"가위바위보?"

"마지막에 이기는 사람이 하나씩 갖는 걸로."

순간 이지혜의 얼굴에 탐욕이 스쳤다.

"좋아!"

"뭐 독자 씨가 원한다면 그렇게 해요. 근데 괜찮겠어요? 잘못하면 물어주기가 될 수도 있는데."

"그럼 그 사람 운이 좋은 거죠, 뭐."

이지혜가 방방 뛰었다. 자기도 한몫 챙길 수 있다고 생각하니 들떴나 본데, 그렇게는 안 될걸.

"일단 근력 강화 앰플부터 하죠."

나는 근력 강화 앰플을 내놓고 이지혜를 향해 말했다.

"넌 나랑 하자."

"나 가위바위보 잘하는데 괜찮겠어?"

"아하, 그러셔?"

나는 그런 이지혜를 바라보며 싱긋 웃었다.

[전용 스킬, '전지적 독자 시점' 1단계가 발동합니다!]

[등장인물 '이지혜'가 '가위'를 준비합니다.]

3

[성좌, '은밀한 모략가'가 당신의 야바위를 궁금해합니다.]

[독식을 좋아하는 성좌가 당신에게 200코인을 후원합니다.]

가위바위보의 승자는 순식간에 가려졌다. 살짝 상기된 얼굴의 이길영과, 만족한 얼굴의 정희원. 그리고 망연자실한 표정으로 주저앉은 이지혜.

"말도 안 돼!"

아쉽게도 이길영의 속내는 읽을 수 없었기에, 앰플 두 개는 이길영에게 갔다.

"저한텐 안 주셔도 되는데……."

"챙겨둬."

나는 이길영의 머리를 쓰다듬으며 말했다. 그 외에도 체력 강화 앰플 두 개를 정희원에게 주었다. 정희원이 생긋 웃으며 받았다.

"고마워요. 안 그래도 체력 때문에 힘들었는데."

앰플을 하나도 못 먹은 사람은 이지혜뿐이었다.

"어떻게 스무 판 중에 열여덟 판을 이길 수 있어? 사기 친 거지?"

"난 원래 가위바위보 잘해."

"진짜로 관심법 쓴 거 아냐? 그러지 말고 나도 딱 한 개만 주라……."

"유중혁한테 달라고 하든가."

나는 애처롭게 눈물을 글썽이는 이지혜를 보며 보란 듯이 앰플을 열었다. 정희원이 시무룩한 이지혜의 어깨를 토닥이더니, 이지혜의 빛나는 장도를 물끄러미 바라보고, 다시 내 쪽을 흘끗 보았다.

"저기, 독자 씨."

"네."

잠시 머뭇거리던 정희원이 이내 머리를 긁고는 자기 몫의 앰플을 열었다.

"잘 마실게요."

✻ ✻ ✻

두두두두, 돌아가는 헬리콥터의 프로펠러 소리. 멀어지는 공룡 섬을 보며 이길영이 물었다.

"형, 혹시 얘는 다음 층으로 못 데려가요?"

이길영의 무릎 위에는 아까 대화하던 거대 사마귀가 앉아 있었다. 그새 친해진 모양인지 사마귀는 이길영의 턱에 더듬이를 비볐다.

"아쉽게도 못 데려가."

시무룩한 얼굴의 이길영이 애써 정을 떼듯이 사마귀를 안아 들었다.

"……잘 가, 티타노."

벌써 이름까지 붙여준 모양. 안타깝지만 극장 던전에서 만들어진 괴수는 다음 층으로 이동할 수 없다. 그러나 아이템은 다음 층으로 가지고 갈 수 있다. 예를 들면 아까 얻은 능력치 상승 앰플이 그러했고, 지금 내가 쥐고 있는 아이템 또한 그러했다.

[폭군 티렉스의 DNA 앰플].

황금색으로 빛나는 작은 앰플은, 내가 이 영화를 선택한 가장 결정적인 이유였다. 섭취 시 삼십 분간 모든 능력치를 10레벨씩 높여주는 아이템. 극장 던전 안에서만 사용 가능하다는 단점이 있지만, 이 아이템이 없으면 절대로 마지막 층을 깰 수 없었다.

만약 유중혁이 내가 생각하는 최악의 상황에 빠졌다면 더욱.

이길영이 놓아준 거대 사마귀가 허공을 날아 사라지고, 어두운 하늘의 정경이 무너지기 시작했다.

[첫 번째 '엔딩 크레디트'에 도달했습니다.]
[출연자: 김독자, 정희원, 이지혜, 이길영]
[출연료로 각각 500코인을 획득했습니다.]

약간의 현기증과 함께 정신을 차렸을 때, 우리는 지상 1층으로 돌아와 있었다. 우리가 탈출한 영화 포스터가 찢어진 채 벽에 붙어 있었다. 무사히 클리어했다는 증거다. 그새 이지혜가 불평했다.

"이런 식으로 몇 층이나 더 가야 돼?"

"유중혁이 깨놓은 층도 있을 테니 생각보단 금방일 거야."

에스컬레이터를 통해 곧장 2층으로 향했다. 2층부터는 본격적인 상영관이라서 잔여 공간이 협소한 편이었다. 정희원이 물었다.

"여긴 변화가 없네요?"

아무리 기다려도 2층의 환경은 변하지 않았다. 카메라도 보이지 않았고 상영도 시작되지 않았다. 자세히 보니 2층의 포스터는 모두 찢어져 있었다. 이지혜 또한 뭔가 눈치챈 듯했다.

"혹시 포스터가 멀쩡한 영화만 상영되는 거야?"

나는 찢어진 포스터를 하나씩 확인해보았다.

기예르모 델 토로 감독의 〈퍼시픽 림〉. 거대 로봇들이 싸우는 영화였던가? 아쉽다. 만약 이게 멀쩡했으면 클리어 보상으로 '강화 장갑裝甲' 같은 걸 얻을 수도 있었을 텐데.

크리스토퍼 놀란 감독의 〈인셉션〉…… 이건 찢어져 있어서 다행이고.

"와, 나 이거 보고 싶었는데."

나는 이지혜가 가리킨 포스터를 보았다.

"히어로물 좋아해?"

"응."

"다행이네, 저거 멀쩡했으면 이제부터 싫어졌을 테니까."

"그건 그래."

찢어진 포스터 속에서 초록색 괴물이 우리를 보며 포효하고 있었다. 우리는 이어서 3층으로 올라갔다.

"여기도 쓸렸네."

역시나 3층에도 포스터는 모두 찢어져 있었다. 유중혁이 제대로 휩쓸고 간 모양이었다. 3층에는 위험한 영화가 많아서 차라리 다행이었다.

제임스 웡 감독의 〈파이널 데스티네이션〉. 유중혁 이 자식, 이건 대체 어떻게 깼지?

"생각보다 금방 올라가겠는데요?"

밝은 목소리의 정희원과는 달리 나는 층을 올라갈 때마다 조금씩 불안해지고 있었다. 극장 던전을 클리어하려면 어느 정도 운이 필요했다. 층마다 붙은 포스터 중에는 멸살법에서 다루지 않은 영화도 있었기 때문이다. 유중혁도 모든 영화를 클리어하지는 않았으니까.

4층에 진입한 순간 시스템 메시지가 들려왔다.

[지상 4층에 진입했습니다.]

포스터를 찾을 시간도 없이 스포트라이트가 쏟아졌다. 정희원이 기도하듯 곱게 양손을 모았다.

"제발 귀신 영화는 나오지 마라……."

뭔가 정희원답지 않은 말이라 흘끗 봤더니 변명 같은 대답이 돌아왔다.

"귀신은 칼로 베어도 안 죽잖아요."

[해당 층의 상영이 시작됩니다.]

슈아아앗― 하는 느낌과 함께 배경이 바뀌었고, 다시 눈을 떴을 때 우리는 뱃머리에서 바닷바람을 맞고 있었다.

"여긴……?"

소금기가 느껴지는 동시에 탁 트인 수평선이 눈앞에 펼쳐졌다. 너무나 오랜만에 보는 바다 풍경이라 일순 넋을 놓고 말았다. 매일매일 직장 일에 찌들어 살다 보니 여행을 가본 것도 벌써 몇 년 전 일이었다.

"이건 무슨 영화일까요?"

옆을 보니 정희원이 치렁치렁한 드레스를 입고 있었다. 유람선 안쪽에서 들려오는 악단의 바이올린 소리, 들뜬 사람들의 사담 소리. 단순히 영화를 재현한 광경이라기에는 믿을 수 없을 정도로 로맨틱한 분위기…….

아, 알겠군, 이 영화가 뭔지.

이지혜의 목소리가 들려온 것은 그때였다.

"아, 갑자기 속이……."

뒤를 돌아보니 이지혜가 허공에 대고 토사물을 흩뿌리고 있었다. 정희원이 달려가 등을 두드려주었다. 한참이나 헛구역질을 한 뒤에야 이지혜가 울상을 지었다.

"나, 뱃멀미가 있어서."

"괜찮아, 토해."

……조금 전부터 느낀 건데, 왜 이지혜가 충무공의 선택을 받았는지 모르겠다. 아니, 사실 소설을 읽어서 알고는 있지만, 그냥 모르고 싶다.

"언니 근데 이 영화 그거죠? 배 침몰하는."

"그런 것 같네."

"혹시 언니가 여주인공인가?"

이지혜가 부럽다는 듯 정희원의 드레스를 바라보다가 내쪽을 일별했다.

"그럼 저 아저씨가 남주……? 웨에에엑!"

그런 말을 하면서 토하는 녀석을 보자니 어쩐지 기분이 언짢다. 뒤쪽에서 이길영이 튀어나온 것은 그때였다.

"형!"

후줄근한 옷을 입은 이길영이 그곳에 있었다. 뭔가 기시감이 드는 복장인데…… 아무튼 일행은 모두 모였다.

"시간이 없으니 엔딩을 구상해보죠."

이 배는 이제 침몰할 것이다. 그런데 불행하게도 멸살법에 이 영화에 대한 해법은 나오지 않았다. 대체 침몰하는 배를 상대로 어떻게 '사이다'를 연출한다는 말인가? 바다와 싸우기라도 해야 하나?

이지혜가 먼저 의견을 냈다.

"어차피 침몰할 배니까 그냥 우리가 가라앉혀버릴까?"

"그건 좀……."

난감하다. 차라리 때려 부수고 나아가는 영화면 시원하게 클리어할 텐데.

"악당을 해치워봐요, 형."

이길영의 의견이었다.

이 영화에 명백한 악당이 있는지는 모르겠지만, 달리 뾰족한 수도 없기에 일단 그 의견에 따르기로 했다.

"악역을 먼저 처리해보죠."

우리는 일단 움직였다. 그런데 이 영화의 악역을 무슨 수로 찾지? 이 영화를 마지막으로 본 게 벌써…… 그런데 고민할 필요가 없었다. 악역이 스스로 우리를 찾아왔기 때문이다. 그제야 기억이 났다. 맞아, 악역이 주인공을 괴롭히는 영화였지. 말끔한 정장을 걸친 올백 머리 사내가 이쪽을 노려보고 있었다.

"너!"

그런데 사내가 가리킨 것은 내가 아니었다.

"…저요?"

설마 네가 남주인공이었냐. 나는 이길영을 보며 한숨을 내쉬었다.

¤ ¤ ¤

우리는 영화의 악역이라 생각되는 인물을 납치 감금했다. 하지만 극장 주인은 반응이 없었다. 납치 정도로는 안 된다 이거지…….

나는 잠시 주저하다가 입을 열었다.

"그러면……."

"죽여보자."

이지혜가 선수를 치며 검을 뽑았다. 온몸이 꽁꽁 묶인 사내가 몸부림쳤다.

"아까 아저씨가 극장 주인이 사이다 전개 좋아한다며? 그럼 이런 녀석은 빨리 죽이는 게 답 아냐?"

솔직히 나도 그렇게 생각했다. 아니, 생각이 아니라 확신했다. 멸살법에서도 이와 비슷한 다른 영화에서 그게 엔딩의 해답이었으니까.

그런데 공포에 떠는 사내의 모습을 유심히 바라보던 정희원이 갑자기 의외의 말을 했다.

"그런데…… 꼭 진짜 사람 같네요."

"예?"

"이거 영화잖아요. 그런데 진짜 사람 같아서요."

며칠 전까지 악인을 깔끔하게 토벌하던 정희원이 그런 말을 하니 미묘한 기분이 들었다. 그러고 보니 정희원은 그런 말을 한 적이 있었다. 살인자가 되었다고 해서 괴물이 되고 싶지는 않다고. 이지혜가 물었다.

"언니, 지금 그런 감상적인 얘기할 때예요? 그래서 죽이지 말자고요?"

"아니, 그게 아니라……."

"이 사람 안 죽이면 우리가 죽어요. 우린 확실히 살아 있지만 이 사람은 그냥 '등장인물'이라고요!"

등장인물. 이지혜의 말에, 나는 잠깐 멍해졌다.

"……역시 그렇겠지?"

"설령 이 남자가 '진짜 사람'이라도 어차피 나쁜 짓 할 놈들이잖아요! 그런 놈들 죽이는 게 뭐가 나빠?"

이지혜의 말이 옳을지도 모른다. 이 남자는 분명 '악역'이고 나쁜 짓을 할 것이다. 그러니 죽여도 괜찮다. 그런데 우습게도, 그것은 멸살법에서 유중혁이 자주 펼치던 논리였다.

「"어차피 미래는 정해져 있다."」

내가 입을 열려는 순간, 이지혜가 벌떡 일어나 칼을 뽑았다.

"어휴, 뭔 궁상이에요? 사부 죽게 생겼는데 지금!"

허공에서 내리꽂힌 칼날이 그대로 사내의 가슴을 관통했다. 울컥거리며 피가 쏟아졌다. 가짜라고 믿을 수 없을 만큼 현실적인 피. 이윽고 시스템 메시지가 들려왔다.

[극장 주인이 바뀐 엔딩에 그럭저럭 만족합니다.]
[선미船尾에 다음 층으로 이동하는 통로가 열렸습니다.]

"거봐요, 제대로 했잖아요."
　이지혜가 의기양양하게 외쳤다. 분명 답은 틀리지 않았다. 극장 주인은 이것을 '사이다'라고 인정했고, 성좌들은 우리 행동에 대해 코인을 줄 것이다. 그 코인으로, 우리는 살아남을 것이다. 그것이 멸망한 세계에서 살아가는 방식이었다.
　하지만…… 그런 식으로 이 세계의 끝에 도달했을 때, 우리는 과연 서로 얼굴을 제대로 마주 볼 수 있을까.

[두 번째 '엔딩 크레디트'에 도달했습니다.]

　나는 그 답을 알 수 없었다.

[출연자: 김독자, 정희원, 이지혜, 이길영]
[출연료로 각각 500코인을 획득했습니다.]

　이번 영화에서는 마땅한 보상 아이템을 얻을 수 없었기 때문에, 우리는 시스템 메시지의 안내에 따라 곧바로 다음 층으로 넘어갔다.

[지상 5층, 보상의 방에 입장했습니다.]

에스컬레이터를 모두 올라가자 마침내 '보상의 방'이 모습을 드러냈다.

"보상의 방? 여긴 영화가 안 나오나 봐요?"

"여긴 원래 영화 소품을 전시해놓은 장소였나 보군요."

사실 알고 있었지만 이번에도 의뭉을 떨어주었다.

방 중심에 설치된 유리관 안에는 어디서 본 듯한 영화 소품이 전시되어 있었다. 각종 영화의 주인공이 사용한 장비류와 의상, 무대 소품…… 재미있게도, 이건 이제 '소품'이 아니다.

유리관을 향해 다가간 정희원이 탄성을 질렀다.

"헉, 이 검 좀 봐요!"

[미카즈키 무네치카 - 레플리카]: A급 도검

반짝이는 눈빛으로 유리관을 보는 정희원을 향해 고개를 끄덕이며 말했다.

"드디어 제대로 된 검이 생겼네요, 희원 씨."

"우와……."

한눈에 봐도 대단한 수준의 도검이었다. 기존에 쓰던 뺄칼은 물론, 이지혜의 장도와 비교해도 앞서면 앞섰지 뒤처지지 않는 수준의 아이템.

정희원은 검을 손에 들고 붕붕 휘둘러보기 시작했다.

"이거 대박인데요? 날도 제대로 서 있고, 가볍고!"

저렇게 좋아하는 정희원의 모습은 처음 봤다.

[등장인물 '정희원'이 당신에게 깊은 고마움을 느낍니다.]

극장 던전을 공략하는 가장 큰 목적은 바로 이 5층의 '보상'이었다. 극장 던전은 일행의 초반 아이템을 파밍하기에 적절한 장소였다. 특히 좋은 무기가 없던 정희원은 이걸로 확실히 강해질 수 있을 것이다.

[보상 아이템은 1인당 2개로 제한됩니다.]

영화 소품이기에 진짜 성유물급 성능은 아니지만 나름 레플리카, 그러니까 복제품 버전의 특색을 갖춘 아이템이었다.

이 정도 수준의 A급 아이템이면 초반에는 '사기 템'에 가깝다.

그나저나 이미 유중혁은 여기를 지나간 모양이었다. 벌써 아이템 두 개가 사라진 걸 보면.

"아이템 챙겨 가죠. 각자 두 개씩 챙길 수 있으니까, 신중히 고르세요."

정희원에게 유상아가 쓸 만한 아이템을 하나 더 고르게 하고, 나는 이현성에게 줄 아이템을 챙기기로 했다. 마침 쓸 만한 게 보였다.

[헤라클레스의 방패 - 레플리카]: A급 방패

좋아. 이거면 되겠지. '낡은 철제 방패'와는 비교도 안 되는 아이템이니 이현성의 능력을 극대화하기에도 그만이다.

히어로물 팬을 자처하는 이지혜는 아까부터 구석에 있는 아이템을 꺼내기 위해 용을 쓰고 있었다.

"아, 왜 이게 안 빠져!"

뭔가 해서 가까이 가봤다. 이거였군.

[묠니르 - 레플리카]: A급 둔기

뇌신 토르의 망치가 있었다. 진짜 성유물이면 어마어마한 아이템일 텐데…… 그래도 원본 성능이 엄청난 만큼 복제품의 성능도 상당할 것 같았다.

나는 미동도 하지 않는 망치를 잡고 끙끙대는 이지혜를 보며 말했다.

"그거 특별한 사람만 쓸 수 있는 거 아니냐?"

"젠장, 나도 특별하거든?"

그때 뒤쪽에서 불쑥 나타난 이길영이 묠니르에 손을 뻗었다.

"야, 꼬맹이! 이건 내……."

묠니르는 아주 가볍게 이길영의 손아귀에 감겼다. 이리저리 망치를 휘두르던 이길영이 나를 보며 물었다.

"형, 제가 가져도 될까요?"

"그래, 잘 어울리네."

이지혜가 또다시 망연자실한 표정을 지었다.

"나만 불행해…… 나만……."

나는 그녀를 무시하고 남은 아이템을 살폈다.

어디 보자, 남은 하나로 뭘 고르지.

[외장 강화 슈트 - 레플리카]: A급 방어구

앞으로 어떤 일이 있을지 모르니 일단 방호구를 보충하는 게 좋겠지. 꾸역꾸역 슈트를 착용하자 팔다리의 접촉부가 착, 하고 감겨들었다.

[외부 공격으로 입는 피해가 10퍼센트 감소합니다.]

[적을 감지하는 능력이 향상됩니다.]

[이전보다 민첩하게 움직일 수 있습니다.]

조금 답답했지만 그래도 안 입는 것보다는 훨씬 나았다. 이 위에서 벌어질 싸움을 생각하면 말이다.

그럼, 이제 준비는 끝났고.

아직 던전에 별다른 변화가 없는 것을 보면, 유중혁은 분명 살아 있을 것이다. 빠르면 6층에서, 늦어도 7층에서는 만날 수 있겠지. 최악의 경우 8층 보스와 싸우고 있다 해도…… 일단 살아는 있다는 거니까.

자, 이제 우리 회귀자님 뒤통수 좀 구경하러 가볼까?

                                        ✦

                                        4

　아쉽게도 6층에 유중혁은 없었다.

　그나마 6층 영화가 쉬운 편이었다는 것이 유일한 위안이었
다. 언젠가 본 반전 스릴러 영화인데, 애초에 범인을 알기 때
문에 놈을 죽여서 빠르게 끝낼 수 있었다.

　[극장 주인이 바뀐 엔딩에 만족합니다.]

　[출연료로 500코인을 획득했습니다.]

　이지혜가 어이없다는 듯 물었다.

　"진짜 그놈이 범인이었어?"

　"스포일러니까 말하지 마. 안 본 사람 있을 수도 있잖아."

[성좌, '은밀한 모략가'가 스포일러를 싫어합니다.]

아무튼 영화의 특징 때문인지 보상으로 나온 아이템도 특이했다.

[스킬북: '냉철한 관찰력'을 얻었습니다.]

냉철한 관찰력. 꽤 쓸 만한 스킬이 나왔다.

이 스킬은 대상의 움직임을 보고 해당 인물의 종합 능력치를 어림할 수 있는 스킬이었다. [등장인물 일람]을 쓸 수 있는 대상에게는 별 의미가 없지만, 유상아나 이길영처럼 [등장인물 일람]이 작동하지 않는 인물에게 꽤 유용하게 사용할 수 있을 것이다. 연기력 좋은 범인을 단번에 특정해서 이런 스킬을 얻은 게 아닐까 싶었다.

[전용 스킬, '냉철한 관찰력'을 획득합니다.]

그래도 조금 아쉬운 마음은 있었다. 검투사라든가 전쟁이라든가, 하여간 그런 소재의 영화가 나오면 좋았을 텐데.

내게는 아직 항시 발동되는 전투 패시브 스킬이 없기에 더욱 그랬다. [무기 연마] 같은 스킬을 구매할 수도 있겠지만, 이제 와서 그 정도 등급 스킬에 코인을 쓰기에는 아까웠다.

"이제 영화는 지긋지긋해요."

정희원 말에 정확히 동감했다. 나도 당분간 영화관은 보기도 싫을 지경이니까. 출연료라도 많이 받은 걸로 만족해야겠지.

우리는 곧바로 7층으로 올라갔다. 이번에야말로 유중혁이 뒤통수를 볼 수 있겠거니 했는데…… 젠장. 7층의 포스터도 대부분 찢겨 있었다. 그렇다는 것은, 지금 유중혁은 보스 방에 있다는 뜻.

상황이 이렇게 되었으니 정말로 지체할 시간이 없었다.

"달리죠. 곧 마지막 층입니다."

우리는 뛰기 시작했다. 최대한 빠르게 녀석을 따라잡아야 한다. 놈이 이성을 잃고 모든 것을 포기해버리기 전에, 어서.

상영관들을 지나 통로를 내달렸다. 7층에는 세계 각국의 역대 흥행 영화 포스터를 일렬로 붙여놓았다.

제발, 제발 모두 다 찢어져 있어라…….

그러나 또 희망과는 달리 마지막 포스터가 살아 있었다.

"망할……."

[해당 층의 상영이 시작됩니다.]

청색 스포트라이트가 전신을 덮자마자 장면이 바뀌었다. 한바탕 화면이 어지럽게 변한다 싶더니 코끝에 짠 내가 불어왔다.

다시 무대는 바다였다.

하지만…… 이번에는 유람선이 아니었다.

매캐한 포연. 판옥선의 까칠한 감촉. 흔들리는 뱃전에서 고개를 든 순간, 누군가의 목소리가 들렸다.

"모두 엎드려라—!"

반사적으로 자리에 엎드리자 총탄 세례가 주변을 헤집었다. 투탕탕탕— 하는 소리와 함께 몇몇 병사가 피를 흘리며 쓰러졌다.

"함선을 물려라—!"

조선 수군의 복장을 한 병사들이 주변에서 황급히 포를 준비하고 있었다. 불안한 전란의 바람에 솜털까지 일어섰다. 휘몰아치는 울돌목鬱陶項의 소용돌이와, 멀리서 다가오는 해전의 북소리.

빌어먹을.

이건 한국인이라면 모를 수가 없는 영화다. 한국인이 가장 많이 관람한 영화니까.

어느새 다가온 정희원이 수평선 쪽을 바라보며 중얼거렸다.

"저거…… 어떻게 이기죠?"

극장 던전의 엔딩은 '사이다'를 향해 나아가야만 열린다.

쿠드드드드드…….

바다를 까맣게 뒤덮은, 삼백삼십 척의 적선敵船. 나는 황급히 우리 쪽 전력을 확인했다. 그래도 역사적 사실을 토대로 만든 영화니까 희망은 있겠……지?

"뭐야 이거?"

분명 열두 척이 남아 있어야 할 판옥선이 한 척밖에 없었다. 나는 황급히 주변의 수군을 붙잡고 물었다.

"통제공은 어디 계십니까?"

"……통제공?"

"이순신 장군님 말입니다!"

수군은 전혀 모르겠다는 투였다. 가슴이 서늘해진다. 뭔가 내가 아는 영화랑은 다르다. 극장 주인 놈이 이야기를 바꾼 것이다. 적군과 거리가 빠르게 좁혀지고 있었다.

이건 말도 안 된다. 충무공 없이 '명량 해전'을 이기라고?

나는 주변을 둘러보며 다급히 외쳤다.

"이지혜!"

¤ ¤ ¤

혹시 이런 상황이 될지도 모른다고 생각은 했다. 이지혜를 데려온 것도, 단순히 전력으로 활용하기 위해서만이 아니라 '만약의 만약'을 고려했기 때문이었다.

[성좌, '해상전신'이 화신 '이지혜'를 딱하게 생각합니다.]

이지혜를 찾아내기는 어렵지 않았다. 어차피 배는 한 척뿐이었고, 충무공의 간접 메시지가 들려오는 곳은 한정적이었다.

"으으, 으, 으으……."

그녀는 1층 갑판 구석에서 고개를 숙인 채 구역질을 반복하고 있었다.

"야, 괜찮냐?"

눈가가 흠뻑 젖은 이지혜가 나를 올려다보았다.

"못 해, 모, 못 한다고!"

그건 나를 향한 말이 아니었다.

[성좌, '해상전신'이 화신 '이지혜'를 독려합니다.]

"절대, 절대 안 나가! 우웁……!"

이어지는 헛구역질. 나는 알고 있었다. 바다를 싫어하고, 정의에도 그다지 관심이 없는 이 애가, 충무공의 선택을 받은 이유를.

[전용 특성의 효과로 읽은 책에 대한 기억력이 상승합니다.]

머릿속에서 멸살법의 페이지가 넘어갔다. 멸살법 40화쯤에 분명 그런 장면이 나온다.

「"야, 근데 넌 바다도 무서워하는 애가 어떻게 충무공의 선택을 받았냐?"

"나도 잘 몰라. 음…… 내 선조 중에 장군님이 있으셨다는데, 그것 때문인가?"

「"……설마 너 충무공의 후손이야?"」

멸살법 40화까지는 나 말고도 독자가 일부 있었는데 그 부분을 연재할 당시 상당한 비난이 일었다.

아니, 위대하신 충무공께서 고작 혈연에 연연하셨다는 게 말이 되느냐고.

하지만 에필로그를 제외하고 전편을 다 읽은 나는 안다. 이지혜는 충무공의 핏줄이 아니다.

[성좌, '해상전신'이 화신 '이지혜'를 보며 오래된 전우를 그리워합니다.]

「"그럼 너도 덕수 이씨겠네?"

"아니, 나 전주 이씨인데."」

[성좌, '해상전신'이 오래된 전우의 후손을 바라봅니다.]

이지혜는 충무공의 전우, 전라우수사全羅右水使 이억기의 후손이다.

의민공毅愍公 이억기李億祺.

충무공과 함께 당항포·한산도 대첩을 승리로 이끌었으며, 충무공이 억울한 죄목으로 조정에 잡혀갔을 때 이순신을 변호해준 몇 안 되는 전우. 그러나 충분한 설화가 남지 않았기에, 위인급 성좌는 되지 못한 인물.

[성좌, '해상전신'이 안타까운 눈으로 이지혜를 바라봅니다.]

그래서 충무공은 이지혜에게 깃들었다. 자신의 후손이 아니라 자신을 지켜준 친우의 후손에게. 그야말로 충무공다운 선택이다.

충무공은 두고 볼 수 없었던 것이다. 자신을 비호해준 친우의 후손이, 소중한 친구를 제 손으로 죽이며 악귀가 되어가는 모습을.

뭐 어디까지나 멸살법의 설정에 따르면 그렇다는 이야기다.

[현상금 시나리오가 도착했습니다.]

〈현상금 시나리오 - 생즉필사 사즉필생生即必死 死即必生〉

분류: 서브

난이도: B+

클리어 조건: '해상전신'이 당신에게 도움을 요청했습니다. 충무공의 화신 '이지혜'를 독려하여 명량 해전을 승리로 이끄시오.

제한 시간: 2시간

보상: 충무공의 성혼 중 하나

실패 시: —

메시지를 읽는 순간 눈을 의심했다.

현상금 시나리오를 위인급 성좌가 단독으로 요청하는 경우는 거의 없었다. 뭔가 이상하다 싶어 자세히 보니, 역시 걸린 보상이 남달랐다.

충무공의 성혼?

즉 이 시나리오를 클리어하면 〈배후 계약〉을 하지 않고도 충무공의 성혼을 쓸 수 있게 된다는 뜻이었다. 나는 이지혜를 흔들었다.

"이지혜, 그만 일어나. 얼른."

"싫어! 우욱…… 셋이 알아서 해결해!"

"조금만 견디면 안 되겠냐?"

"……견뎌? 아저씨는 몰라."

모른다…… 그래, 그게 네 말버릇이지. 하지만 어리광을 일일이 받아줄 시간은 없다.

"아니, 알아. 너 뱃멀미 때문에 이러는 게 아니라는 거."

"……뭐?"

"죽은 네 친구가 이 영화 좋아했잖아."

정통으로 턱을 맞은 복서처럼, 이지혜의 턱이 덜덜 떨렸다.

그녀의 머릿속으로 스쳐 갈 장면은 뻔했다. 태풍여고의 첫 번째 시나리오. 손으로 친구를 목 졸라 죽이는, 자신의 모습.

"그, 그걸. 그걸…… 어떻게."

"어떻게 아는지는 묻지 마. 그딴 거 설명할 시간 없으니까."

이지혜가 멍한 눈으로 나를 올려다보았다.

"살겠다고 자기 손으로 친구를 죽여놓고, 결국은 여기서 이렇게 죽을 거냐?"

퍼거걱! 하는 소리와 함께 1층 갑판이 꿰뚫리며 갈고리가 들어왔다. 이지혜를 향해 쏘아진 그 갈고리를, 나는 맨손으로 잡아챘다. 부들부들 떠는 이지혜가 나를 보았다.

"여기서 도망치든, 도망치지 않든 너는 결코 용서받을 수 없을 거야. 하지만―"

와아아― 하는 함성. 적군들이 배 위로 넘어오는 소리가 들렸다.

"지금 네가 일어나면, 적어도 몇몇 사람은 살릴 수 있어."

부들부들 떠는 이지혜를 두고 2층 갑판으로 나왔다. 이미 이길영과 정희원은 적군에 포위되어 있었다.

나는 무기를 빼 들었다. 적은 평범한 병사들이다. 그러니 일대일이라면 질 리 만무했다. 문제는 숫자가 너무 많다는 것이었지만.

"끄아아악!"

달려드는 적군을 베고 또 베어도 끝이 보이지 않았다. 멀리서 포화를 쏘아 올리는 적군 함선들이 보였다. 이 배가 침몰하

면 우리는 끝장이다. 영화는 비극으로 끝나고, 우리는 이곳에
서 죽는다.

"이지혜!"

감히 성웅의 위대함을 알겠다. 어떻게 이런 전투를 승리로
이끈 걸까.

"이제 그만 정신 차려!"

저주받은 시나리오였다. 이곳에는 충무공과 함께 싸운 이들
이 없었다. 녹도만호 송여종도, 평산포대장 정응두도 없다.

여기 있는 이는, 충무공의 비호를 받는 나약한 소녀뿐.

그 소녀가 비틀거리며 2층 갑판으로 올라오고 있었다.

"난, 나는 역겨워. 나는…… 나는 살아 있을 자격이……."

확실히 너는 역겨울지도 모른다. 하지만 더욱 역겨운 것은,
그런 너를 이용해야만 하는 나다.

"자격 같은 건 아무한테도 없어."

"아, 아으아……."

이지혜의 눈에서 쉴 새 없이 눈물이 쏟아졌다. 나는 '헤라클
레스의 방패'로 포화를 받아내며, 그녀를 등지고 섰다.

"살아남았으면 책임을 져! 평생을 속죄하든 아니면 쓰레기
같은 삶을 지속하든, 어떻게든 계속 살아남아!"

무차별로 날아든 포탄 세례에 선체 곳곳이 부서졌다. 나는
차가운 눈으로 그녀를 향해 말했다.

"아니면 너, 정말로 여기서 죽고 싶은 거냐?"

[등장인물 '이지혜'에 대한 당신의 이해도가 상당합니다.]

울음을 닦는 이지혜에게서 온갖 종류의 감정이 전해졌다. 울분, 자기멸시, 세상에 대한 환멸이 똘똘 뭉친 어두운 감정. 그럼에도 그 감정 속에서 자라난, 솔직한 한마디가 있었다.

「죽기 싫어.」

성좌는 제멋대로다. 화신이 청한다고 해서 반드시 후원을 주지도 않고, 화신이 죽어 나가든 말든 신경 쓰지 않는 놈도 부지기수다. 하지만.
어떤 성좌도 자기 '설화'의 무대가 되는 장소에서만큼은, 화신을 외면하지 않는다.

[성좌, '해상전신'이 화신 '이지혜'의 의지에 반응합니다.]

눈부신 빛살과 함께 이지혜의 몸에서 붉은 아우라가 터져 나왔다. 유중혁 자식한테 좋은 꼴이 되었지만, 뭐 어쩔 수 없다. 나도 얻는 것은 있으니까.

[등장인물 '이지혜'가 새로운 '성흔'을 획득했습니다.]

상처받은 검귀, 이지혜. 훗날 그녀를 해상제독으로 만들, 최강의 성흔이 발현되고 있었다. 그녀의 검극에서, 충무공이 살아 견딘 전장의 역사가 흘러나오기 시작했다.

「……신에게는.」

칼자루를 쥔 이지혜는 바다를 보았다. 적은 많고 아군은 없었다. 그녀는 조용히 세상을 향해 검을 뽑았다.

「아직, 열두 척의 배가 남았으니.」

핏빛 투기가 검 끝에서 갈라져 나왔다.

[등장인물 '이지혜'가 성흔 '유령 함대 Lv.1'를 발동합니다!]

고오오오, 하는 떨림과 함께 인근 해역 전체에서 수증기가 피어올랐다.
해역 곳곳에서 터져나오는 물줄기와 함께, 바다에서 모습을 드러낸 열두 척의 유령 함선.

「이 원수를 갚을 수 있다면.」

당황한 적선들이 북을 울렸다. 포탄이 유령 함대를 향해 날아들었다. 그러나 명징한 실체가 없는 유령 함대는 적군의 공격에 어떤 피해도 당하지 않았다.

「이곳에서 죽어도 여한이 없으리라.」

마침내 이지혜의 함대가 진격하기 시작했다. 포화의 격랑을 뚫고, 물살을 가르며 나아가는 열두 척의 배. 하얗게 타오른 포신이 발포를 개시하자, 앞길을 막고 있던 적선이 속절없이 무너졌다.

콰콰콰콰콰!

울지 않는 소녀가 전장을 지휘했다.
무지막지한 유령 함대의 위세 앞에, 적선은 완전히 압도당했다. 나뿐만 아니라 정희원도, 이길영도 입을 벌린 채 그 광경에서 눈을 떼지 못했다.
이것이 진짜 '성흔'의 힘이다.
해상전에서는 누구에게도 밀리지 않는, 충무공의 힘인 것이다.
저무는 노을 속에서, 적군의 비명이 포연으로 흩어지고 있었다. 울돌목의 소용돌이가 피로 물든 적군의 시신을 빨아들였다. 적군이 궤멸되어 마지막 배가 가라앉을 때까지는 한 시간도 채 걸리지 않았다.

[극장 주인이 바뀐 엔딩에 만족했습니다.]

[네 번째 '엔딩 크레디트'에 도달했습니다.]

[출연자: 김독자, 정희원, 이지혜, 이길영]

[출연료로 각각 500코인을 획득했습니다.]

엔딩 크레디트의 보상을 받자 이어서 추가 메시지가 떠올랐다.

[현상금 시나리오를 클리어했습니다.]

[현상금 시나리오의 보상으로 '해상전신'의 성흔을 받았습니다.]

솔직히 조금 기대했다. 어쩌면 '유령 함대'를 줄 수도 있는 거니까.

그것만 얻으면 해상전이 벌어져도 이지혜가 부럽지 않다.

[성흔, '칼의 노래'를 습득했습니다.]

들려온 메시지에, 나는 순간 뭔가를 잘못 들었나 싶었다.

성흔 [칼의 노래].

본래 이지혜가 이야기의 중반부를 넘어서야 습득하게 되는 성흔이었다. 그런 성흔을 충무공은 내게 준 것이다.

[성좌, '해상전신'이 당신에게 고마움을 표합니다.]

어떤 의미에서는 '유령 함대'보다 당장 내게 필요한 스킬. 이 성흔이 있다면 8층에서 정말 최악의 사태가 벌어진다 해도 해볼 만할지 모른다.

주변 정경이 천천히 뒤바뀌며, 우리는 영화관 내부로 돌아왔다. 탈진한 이지혜가 나를 보고 있었다.

"……아저씨."

"너는 여기서 조금 쉬다가 올라와. 유중혁은 우리가 구할 테니까."

"하지만……."

"말 들어."

새로운 성흔을 얻었지만 좋다고 헤벌쭉 웃을 여유가 없었다. 아무리 좋은 성흔을 얻어도 이 세계가 끝나버리면 아무 의미 없으니까. 그리고 그 '끝'을 막기 위해 나는 유중혁을 살려야만 한다.

아껴두었던 종합 능력치 앰플을 모두 들이켰다. 능력치 레벨업은 10레벨 단위로 코인 소모량도 증가하기 때문에, 가성비를 고려해 일단 코인을 먼저 쓴 후 앰플을 사용했다.

[총 4,000코인을 소모했습니다.]

[종합 능력치 강화 앰플을 사용했습니다.]

[체력 Lv.18 → 체력 Lv.24]

[근력 Lv.18 → 근력 Lv.24]

[민첩 Lv.11 → 민첩 Lv.20]

[마력 Lv.10 → 마력 Lv.15]

[모든 종합 능력치가 크게 상승합니다!]

우리는 마지막 계단을 올라갔다.

"모두 준비하세요."

[지상 8층, '하늘 정원'에 진입했습니다.]

8층은 옥상이었다. 불투명한 돔으로 둥글게 둘러싸인, 오페라하우스를 연상시키는 작은 돔. 초록빛 잔디가 깔린 옥상에 발을 내딛자마자 보인 것은, 그토록 찾던 회귀자 녀석의 뒷모습이었다.

아…… 저놈 살리겠다고 긴 시간 죽어라 고생한 걸 생각하니 갑자기 울컥 분노가 치솟았다.

다행히 놈의 뒤통수는 내가 때려줄 수 있을 만큼 멀쩡했다.

"야, 유중혁!"

나는 그대로 달려가 유중혁의 뒤통수를 내갈겼다.

5

찰진 감각이 손끝에 감기며 속이 다 시원해졌다. 빌어먹을 놈, 얼마나 때려주고 싶었는지. 그런데 뭔가 이상했다.

"……유중혁?"

놈이 돌아보질 않는다.

유중혁 몸에서 회백색 아우라가 흘러나오고 있었다. 한없이 불길한, 보는 것만으로도 솜털이 오싹 일어서는 아우라.

나는 본능적으로 한 걸음 물러섰다. 자세히 보니 아우라는 8층 안쪽 의자에 앉은 한 노인에게 연결되어 있었다. 그 노인을 보는 순간 나는 모든 것을 알 수 있었다.

['극장 주인 시뮬라시옹'이 모습을 드러냈습니다.]

빌어먹을, 역시 이렇게 되어버린 건가.

회백색 아우라를 발산하는 유중혁이 천천히 나를 향해 돌아섰다.

최악의 상황이었다.

['극장 주인 시뮬라시옹'이 등장인물 '유중혁'의 통제권을 가지고 있습니다.]

이지를 상실한 녀석의 전신에서 가공할 살기가 퍼져 나오고 있었다.

지금 이 녀석을 막을 수 있는 '등장인물'은 세상에 없다.

[등장인물 '유중혁'이 '발경發勁 Lv.4'을 사용합니다.]

나는 간신히 입을 열었다.

"야, 잠깐만!"

배 쪽에 강력한 통증이 퍼지더니 의식이 가물가물해졌다. 사위가 쏜살같이 밀려나며 머릿속에서 멋대로 기억의 책장이 넘어갔다. 방심했다.

「8회차의 유중혁이 '극장 던전'에서 죽은 것은 그가 약하기 때문이 아니었다. 엄밀히 따지면 운이 없었다.

왜냐하면 '극장 던전' 보스는 회귀자 유중혁에게 최악의 상성…….」

숨이 돌아왔다.

"크헙…… 허억."

[외장 강화 슈트가 손상됐습니다.]
[방어력이 일부 감소합니다.]

나는 부들거리는 손으로 배를 감싸 쥔 채 자리에서 일어났다. 정말 말도 안 되는 전투력이다. 앰플을 그렇게 많이 먹었는데 단 한 방에 이 꼴이 되었다고?

얼마나 큰 타격을 받았는지, 나는 그대로 날아가 옥상의 측면에 처박힌 상태였다.

[등장인물 '정희원'이 '귀살 Lv.2'을 사용합니다!]

멀리서 눈빛을 불태우며 달려드는 정희원이 보였다. 말려야 하는데 몸이 쉽게 말을 듣지 않았다.

[등장인물 '유중혁'이 '백보신권 Lv.2'을 사용합니다.]

지금 정희원이 유중혁의 상대가 될 리 없었다. 그나마 [귀살] 덕에 몇 합 버티는 듯했지만, 금세 내상을 입은 정희원의 입에서 피가 터져나왔다.

지금의 유중혁은 내 예상보다 훨씬 더 강했다.

[전용 스킬, '등장인물 일람'을 발동합니다!]

[해당 인물의 관련 정보가 지나치게 많습니다. '등장인물 일람'이 '등장인물 요약 일람'으로 변환됩니다.]

[사용자 편의에 따라 임의로 지정한 항목만 표시됩니다.]

〈등장인물 요약 일람〉

이름: 유중혁

전용 특성: 회귀자(신화) / 3회차, 프로게이머(희귀)

전용 스킬: [현자의 눈 Lv.8] [백병전 Lv.8] [상급 무기 연마 Lv.5] [정신 방벽 Lv.5] [백보신권 Lv.2] [주작신보 Lv.1] [파천강기 Lv.2]…….

성흔: [회귀 Lv.3] [전승 Lv.1]

종합 능력치: [체력 Lv.28] [근력 Lv.27] [민첩 Lv.26] [마력 Lv.25]

* 현재 해당 등장인물은 이성을 잃은 상태입니다.

빌어먹을 자식. 역시나 새로운 성흔이 활성화 중이었다.

성흔 [전승]. 과거 회차의 유중혁이 가졌던 스킬을 차츰 깨어나게 만드는 성흔. 이 성흔을 통해 유중혁은 본격적인 괴물이 되어갈 것이다.

"사부!"

아래층에서 이지혜가 올라온 것은 그때였다. 정희원을 향해 날아들던 권격拳擊이 이지혜를 향해 방향을 틀었다.

"까아악!"

충무공의 가호 덕택인지 아니면 상승한 [귀신 걸음걸이] 덕분인지 이지혜는 운 좋게 일격을 피했다. 나는 이지혜를 향해 외쳤다.

"놈은 조종당하고 있어! 극장 주인을 노려!"

그러나 이지혜에게 그럴 여유는 없어 보였다. 결국 유중혁을 넘지 않고서는 극장 주인에게 다가갈 수 없다.

정희원과 이지혜의 눈빛이 순간적으로 교차했다. 두 사람의 칼이 동시에 유중혁을 향해 움직였다.

[검도]와 [검술 연마]의 콤보. 하지만 티렉스까지 쓰러뜨린 그 콤보도 유중혁에게는 먹히지 않았다.

"크헉!"

유중혁이 퍼부은 [백보신권]에 얼굴을 얻어맞은 이지혜가 피를 토하며 나가떨어졌다.

[등장인물 '정희원'이 '심판의 시간'을 발동합니다!]

[절대선 계통의 성좌들이 정희원의 요청에 침묵합니다.]

[스킬 발동이 취소됐습니다.]

정희원이 욕설을 내뱉었다.

"빌어먹을, 이놈도 안 돼?"

당연한 일이었다. 유중혁은 무자비한 녀석이지만 그 본질에는 분명 대의大義가 있기 때문이다.

붕권崩拳을 맞은 정희원도 칼을 놓치고 바닥을 나뒹굴었다. 절체절명의 순간, 뒤쪽에 있던 이길영이 특수 스킬인 '폴니르의 천둥'을 사용했다.

[등장인물 '유중혁'이 '전격 내성'으로 공격의 충격을 상쇄합니다.]

유중혁이 이쪽을 돌아보았다.

제기랄. 강할 거라고는 생각했지만…… 설마 이 정도라고? 나는 이길영의 어깨를 짚으며 비틀비틀 앞으로 나섰다.

"길영아. 부탁한다. 뭐 해야 할지 알지?"

눈치 빠른 이길영이 곧바로 고개를 끄덕였다.

"네, 형."

"미안하다."

"아니에요."

이길영은 곧바로 입으로 뭐가를 중얼거리기 시작했다. 천천히 뒤집히는 이길영의 눈동자. 이렇게까지 하고 싶지는 않았는데, 이젠 모든 카드를 다 동원해야만 했다.

[폭군 티렉스의 DNA 앰플'을 사용했습니다.]

[모든 능력치가 30분간 폭발적으로 증가합니다!]

그래…… 한번 싸워보자고 이 개복치 새끼야.

[체력 Lv.24 → 체력 Lv.34]
[근력 Lv.24 → 근력 Lv.34]
[민첩 Lv.20 → 민첩 Lv.30]
[마력 Lv.15 → 마력 Lv.25]

[전신에서 활력이 치솟습니다!]
[근육의 잠재력이 폭발합니다!]
[전보다 쾌속하게 움직일 수 있습니다!]
[심장에서 알 수 없는 에너지가 들끓습니다!]

부족한 스킬은 압도적인 능력치의 격차로 메운다. 유중혁에
게 온전한 [전승]이 이루어진 상태였다면 턱도 없는 도박이겠
지만, 놈의 스킬 레벨이 낮은 지금이라면 가능성이 있었다.
비록 잠시뿐이겠지만, 그 한순간이라도 좋다.

[전용 스킬, '백청강기 Lv.1'를 발동합니다!]
[숙련치가 누적되어 백청강기의 레벨이 상승합니다!]
[백청강기 Lv.1 → 백청강기 Lv.2]

손끝에 휘감기는 마력의 느낌이 달라졌다. 내가 달려가지 않아도, 녀석이 먼저 나를 향해 달려오고 있었다. 내 기세가 심상치 않다는 것을 깨달았는지 녀석도 등허리에서 처음으로 칼을 뽑아 들었다.

[등장인물 '유중혁'이 '파천강기 Lv.2'를 사용합니다.]

칼날에서 스파크가 튀었다. 서로 조금도 물러서지 않았다. 칼날을 쥔 손아귀에서 엄청난 압력이 느껴졌다. 녀석의 칼날에서 타오르는 새파란 에테르. 이쯤 되면 감탄을 넘어 경이로울 지경이었다.

멸살법 세계에서 능력치의 앞자리 차이는 절대적인 힘의 격차를 낳는다. 지금 내 앞자리는 3이고, 유중혁은 2였다. 그런데도 녀석은 전혀 밀리지 않았다. 아니, 자칫하면 내가 밀릴 판이었다. 나는 이를 악물었다.

[전용 스킬, '전지적 독자 시점' 2단계가 발동합니다.]

스킬이 발동하는 순간, 유중혁의 난립하는 생각들이 머릿속으로 밀려들었다.

「괴롭다.」
「앞으로 몇 번이나 더.」

「이런 짓을 반복해야 하는가.」

화가 치밀어 오른다. 이 자식이, 벌써부터?

"정신 차려 이 새끼야!"

나는 온 힘을 다해 칼을 쳐낸 후 녀석의 턱을 향해 주먹을 내뻗었다. 어중이떠중이식 공격이었지만 [전지적 독자 시점] 덕분에 녀석의 움직임이 읽혔다.

스팟! 간발의 차이로 주먹이 턱을 스쳤고, 처음으로 타격을 입은 녀석이 비틀거렸다.

「회귀가 시작되면, 또 모든 것은 처음으로 돌아간다.」

「동료들은 모두 기억을 잃고, 내가 살았던 모든 역사는 지워진다.」

"멍청이가!"

「그리고 다시 모든 것은 반복된다.」

아는 사람은 알겠지만 사실 개복치는 무척 튼튼한 생물이다. 잘 죽는 이유는 몸이 약해서가 아니라 스트레스에 취약하기 때문이다.

마치 지금 눈앞의 이 녀석처럼.

극장 주인은 유중혁의 불안한 정신상태 때문에 녀석을 지배할 수 있었다. 극장 주인은 신체 능력은 약하지만, 최상급 정신 공격 스킬을 가지고 있다. 만약 유중혁의 [정신 방벽]이 8레벨만 넘었더라도 이렇게까지 되지는 않았을 것이다.

「나는 무엇을 위해⋯⋯.」

몽롱하게 눈이 풀린 유중혁. 개똥철학에 빠져버린 녀석을 보고 있자니 머리끝까지 화가 치솟는다.

"너 진짜 주인공 맞냐?"

말하자면 3,149화의 멸살법을 읽은 한 독자로서의 정당한 분노였다.

"겨우 세 번 회귀하고 그 지경이야?"

나는 한 번 더, 온 힘을 다해 녀석의 머리를 갈겼다. 기적일까. 움직임이 조금 둔해졌다. 나는 기회를 놓치지 않고 녀석의 흉부를 걷어찼다.

"정말 그렇게 생각하는 거냐? 처음으로 회귀했을 때의 각오는 벌써 다 잊어버렸냐고."

「이 세계에서 살아 있는 것은 오직 나뿐이다.」

쓸쓸한 목소리.

"그딴 감상에 빠지지 않기로 했잖아!"

나는 달려드는 놈의 칼을 떨쳐내며 외쳤다.

"눈앞에서 삶의 의미를 찾을 수 없다면, 대의를 위해서라도 살겠다고 결심했잖아?"

[전용 스킬, '제4의 벽'이 진동합니다.]

누구를 향해 하는 말인지 모르겠다. 부딪치는 칼날에서 뜨거운 불꽃이 튀었다. 눈가가 따가웠고, 피부가 열에 익고 있었다. 숨 가쁘게 토해지는 말들 속에서, 어쩌면 나 역시 순간 이성을 잃었는지도 모른다.

「나는 혼자야.」

마치 내가 유중혁이 된 것처럼, 혹은 내가 유중혁으로 살아 보기라도 했던 것처럼. 가슴이 옥죄는 듯 답답했다.
"……혼자라고?"

「나는…….」

"내가 어떻게 여기까지 올라왔는데, 네가 혼자라고?"

「나는…….」

검격이 부딪치며 손아귀가 찢어졌다. 피가 흐르고 살점이 뜯겼다. 나는 미친놈처럼 칼을 휘두르고 또 휘둘렀다. 으드득

이가 갈렸다.

"네가 왜 혼자냐? 네가 등신같이 극장 던전에서 죽었을 때도, 죽은 여동생 안고 징징거릴 때도, 예언자한테 뒤통수 맞고 뒤졌을 때도! 네가 처음으로 사랑하는 사람과 아이를 낳았을 때도……!"

그 이야기를 하면서, 기이하게도 나는 다른 기억을 떠올리고 있었다. 한 글자, 그리고 한 글자. 멸살법을 읽으며 살아온 내 오랜 기억들.

"아이가 죽은 후 네가 미쳐서 날뛸 때도!"

복잡했던 가정사, 일진들에게 두들겨 맞던 십대의 기억.

"마왕과 싸우고, 귀환자와 대적하고!"

선임들 부조리에 치였던 군대 시절의 악몽들.

"이계인을 돕고, 빌어먹을 환생자와 맞서 싸우고! 마침내 성좌들 앞에 섰을 때도!"

취업을 위해 몸부림치고, 상사들한테 비열한 아부를 하며 하루하루 버티던 날들. 오로지 살기 위해서. 살기 위해 하루를 살아냈던.

"어떻게든 살아보겠다고 발버둥 치는 너를 보면서!"

그럼에도 집으로 돌아오는 길. 내가 읽을 수 있는 한 편의 소설이 있다는 사실에 안도했던.

"나도."

칼을 쥔 손이 바르르 떨렸다. 쪽팔리게, 너무 흥분했다. 빌어먹을. 그냥 시간만 끌면 되는데. 거친 호흡을 다스리며 앞을

본다. 그런데…… 뭔가 이상했다.

착각일까.

잠깐이지만 유중혁의 동공에 희미한 빛이 돌아왔다.

「너는…….」

어떤 일은 상대의 마음을 읽을 수 있어도 이해하지 못한다. 유중혁의 표정을 보는 순간 가슴이 덜컥했다.

[지나친 몰입으로 인해 '제4의 벽'이 흔들립니다.]

유중혁의 두 눈이 똑바로 나를 보고 있었다.

「너는…… 대체 누구지?」

"뭐?"

「대체 너는……?」

갑자기 변한 녀석의 상념에 나는 깜짝 놀랐다. 설마 내 말을 듣고 이성이 돌아왔다고? 그럴 수가 있나? 나는 조금 당황했다. 애초에 이 작전은 이런 결과를 기대하고 시작한 게 아니었으니까.

['극장 주인 시뮬라시옹'이 당황합니다.]

['극장 주인 시뮬라시옹'이 등장인물 '유중혁'에 대한 통제를 강화합니다!]

"크으으윽……!"

유중혁의 눈빛이 다시 몽롱해졌다.

역시. 혹시나 기대했지만 녀석이 자력으로 깨어나는 것은 무리였다. 개복치가 괜히 개복치인 게 아니지. 자살하지 않은 것만으로도 감사한 심정이었다. 유중혁의 검에 휘감긴 새파란 에테르가 파르르 떨렸다.

[등장인물 '유중혁'의 '파천강기'가 성장합니다!]

이 와중에도 전승된 스킬은 계속해서 강해지고 있었다. 망할 주인공의 재능 덕택이다.

파츠츠츳!

격돌한 백청강기가 조금씩 밀려났다. 스킬 자체가 가진 한계인지, 아니면 재능의 차이인지는 모르겠다. 나는 이길영 쪽을 흘끗 바라보았다. 흰자위를 드러낸 이길영의 코에서 피가 흘러내리고 있었다. 이제 슬슬 때가 왔다.

"야, 중혁아."

아마 오늘 이 순간이 지나면 유중혁은 놀라울 정도로 강해지겠지. 나는 있는 힘껏 검을 밀어내며 말했다.

"전에 내가 물었지? 너 한 대만 때려도 되냐고."

타고난 재능에 차이가 있으니, 향후 몇 년간 유중혁은 나와 비교도 되지 않을 정도로 강자가 될 것이다.

하지만 지금은 아니다. 적어도 지금은.

"분명 너, 그때 때려도 된다고 했다."

지금의 내가 전력을 다하면, 적어도 단 한 순간 정도는 이 녀석을……

['신념의 칼날'이 활성화됩니다.]

['부러지지 않는 신념'의 특수 옵션이 발동합니다.]

[에테르 속성이 '불꽃'으로 변환됩니다.]

이 말도 안 되는 녀석을, 압도할 수도 있다.

기이이이잉!

에테르 블레이드.

허공에서 만개한 불꽃의 에테르가 놈의 빈틈을 파고들었다. 갑작스러운 공격 일변도에 낭황한 유중혁이 순간 몇 걸음을 물러났다. 녀석도 뭔가 심상치 않다고 본능적으로 느낀 것이다. 하지만 늦었다.

[성흔, '칼의 노래'를 발동했습니다.]

칼의 노래. 위인급 성좌인 충무공이 자랑하는, 최상급의 전투력 버프 스킬 중 하나.

[충무공이 남긴 소절이 당신의 검에 깃듭니다.]

무작위의 소절이 깃든다는 점에서 전투력 상승 편차가 크긴 하지만, 지금 내게는 더없이 기꺼운 스킬이었다.

「화살을 비처럼 쏘아대고 각양의 총통을 쏘아대니」

운 좋게도, 깃든 것은 《난중일기》의 한 구절. 엄청난 마력이 빠져나가며, 검에서 타오르는 에테르들이 일제히 뭉쳤다. 나는 그것을 그대로 유중혁을 향해 휘둘렀다.

「그 대란이 마치 우레 폭풍과 같았다.」

불꽃의 에테르가 화살의 형상을 이루더니, 마치 화살 비가 쏟아지듯 녀석에게 폭격을 쏟아부었다. 부족한 마력 탓에 오래는 쓸 수 없는 공격이지만, 이 정도면 충분할 것이다.

"크으으으읏!"

유중혁의 온몸에 새빨간 상흔이 늘어나고 있었다.

코인만이 모든 가치를 대변하고, 성좌가 모든 전개를 결정하는 이 빌어먹을 세상에는, 아직 유중혁이 필요하다.

그러니 오늘만큼은 내가 너를 지켜주마.

전신을 태우는 불길 속에서 유중혁의 움직임이 천천히 멈췄다. [불꽃 내성]이 있으니 심각한 타격을 받지는 않겠지만 행동불능 상태에 빠지기에는 충분한 상처였다. 나는 '하늘 정원'의 가장자리에 앉아 있는 극장 주인을 바라보았다.

['극장 주인 시뮬라시옹'이 당신을 극도로 경계합니다.]

기회는 지금뿐이다. 나는 곧장 달리기 시작했다. 멀리서, 안색이 굳어진 극장 주인이 보인다. 그런데.

[등장인물 '유중혁'이 '기사회생 Lv.2'을 사용합니다!]

빌어먹게도, 유중혁이 벌써 나를 뒤쫓아오고 있었다.
[기사회생]. 극악의 타격을 받아도 하루에 한 번, 순식간에 기력을 회복할 수 있는 말도 안 되는 사기 스킬.
벌써 저 스킬까지 전승되었을 줄이야.
파바바밧!
내가 아무리 빨리 달려도, [주작신보]를 사용하는 유중혁보다 빠를 수는 없었다. 극장 주인을 코앞에 두고, 유중혁의 검과 마주쳤다. 이제 믿을 것은 마지막 카드뿐이다. 나는 온 힘을 다해 외쳤다.
"길영아!"
내가 외친 순간, 하늘 정원 천장에 거대한 균열이 일었다.

옥상을 둘러싸고 있던 검은 돔이 깨져나가고 있었다. 나를 향해 달려들던 유중혁도, 유중혁을 조종하던 극장 주인도. 그 순간만큼은 놀라 천장을 보았다.

히든 시나리오의 차폐 구역이 깨지다니, 일반적이라면 있을 수 없는 일이었다. 하지만 그 말은 곧 '일반적이지 않은' 존재라면 가능하다는 뜻이다.

멀리서 이길영이 코피를 쏟으며 울부짖고 있었다.

"으, 으아······! 으아아아······!"

깨진 돔 틈새로 거대한 곤충의 앞발이 파고들었다. 얇은 유리가 부서지듯 돔이 깨져나가며, 옥상의 표면이 갈라졌다. 경악한 극장 주인이 소리를 지르고 있었다. 무려 히든 시나리오의 차폐 구역을 파괴할 수 있는 괴물. 겉보기에는 사마귀를 닮은, 무지막지한 크기의 충왕종. 괴물을 상대하기 위해 불러낸 괴물이었다.

[6급 충왕종, '티타노프테라'가 출현했습니다!]

보는 것만으로도 소름이 돋는 외양. 일전에 시독 코뿔소들을 상대하던 괴물이었다. 그 녀석이, 이길영의 [다종 교감]에 반응해 여기까지 온 것이다. 이길영이 웃고 있었다.

"헤, 헤헤······ 티타노오······."

티타노? 설마······ 닮긴 했지만 아니겠지.

콰콰콰콰콰!

사마귀의 무지막지한 앞발이 극장 주인을 향해 날아들었다. 그리고 유중혁이 그 앞을 막아섰다.

[등장인물 '유중혁'이 '호신강기 Lv.5'를 사용합니다!]

엄청난 폭음이 울려 퍼지며, 유중혁의 몸이 옥상 아래쪽으로 파고들었다. 그럼에도 유중혁은 버텼다.

……정말이지, 말도 안 되는 괴물이다. 지금 능력치로 6급 충왕종을 상대한다고? 심지어 유중혁은 반격을 개시했다.

그오오오오!

몰아치는 검격. 놀랍게도 유중혁은 6급 충왕종과 대등한 혈전을 벌이고 있었다. 나와 싸울 때 봐준 게 아닐까 싶은 생각이 들 정도였다. 극장 주인의 표정에 여유가 돌아오고 있었다. 유중혁은 강하다. 갑작스러운 상황이지만, 이길 수 있다고 생각하는 거겠지.

하지만 틀렸다.

너는 나를 봐야 했어.

나는 극장 주인을 향해 달렸다. [다중 교감]의 시간은 길지 않을 것이다. 이길영이 온 힘을 다해 벌어준 시간을 결코 헛되이 쓰면 안 된다.

['신념의 칼날'이 활성화됩니다.]

　뒤늦게 나를 발견한 극장 주인이 나에게 뭐라고 소리쳤다.

　극장 주인 시뮬라시옹.

　멸살법의 설정에 따르면, 이 네임드 보스는 한 성좌가 심혈을 기울여 제작한 마스터피스였다. 지금은 시간이 많이 지나 열화판의 형태가 되었고, 한낱 히든 시나리오의 보스를 맡고 있을 뿐이지만…… 그래도 아무나 유중혁의 [정신 방벽]을 뚫을 수 있는 것은 아니었다.

　성좌의 가호를 받는 괴물. 결코, 만만한 녀석이 아니라는 얘기였다.

　[극장 주인 시뮬라시옹'이 '시뮬라크르'를 발동합니다!]

　스펙터의 [환영 감옥]보다 한 차원 높은 정신 착란을 일으키는 스킬.

　주변 공간이 일그러지며, 온갖 종류의 환영이 나타났다. 환영을 넘어, 극실재에 가까워 보이는 괴물들. 땅강아쥐, 그롤, 시독 코뿔소, 티렉스…… 지금껏 보아왔던 괴물이 나를 향해 달려들었다. 놈들의 흉폭한 이빨이 나를 찢고 할퀴었지만, 나는 멈추지 않았다. 두렵지 않다. 이건 모두 가짜다. 존재하지 않는다. 저것들은 모두.

소설 속 허구일 뿐이다.

일순 시간이 느려진 것은 놈의 목에 '신념의 칼날'이 닿으려
는 순간이었다.

['극장 주인 시뮬라시옹'이 '정신 침식'을 시도합니다!]

[정신 침식]. 유중혁을 저 꼴로 만든 상급의 인지 조작 스킬.
하지만 [제4의 벽]이 있기에 두렵지 않았다. 그런데 놈이 내
머릿속에 침투한 순간 예상치 못한 일이 벌어졌다.

['극장 주인 시뮬라시옹'이 당황합니다.]

새카만 자아의 심연. 어둠 속에서 멸살법 페이지들이 요동
쳤다.
—이, 이런? 이, 것, 은……!
무수한 텍스트가 희미한 빛을 내뿜으며 어둠 속을 부유하
고 있었다. 모두 내가 읽어온 멸살법의 이야기들이었다.

[전용 스킬, '제4의 벽'이 발동합니다!]

내 머릿속을 파고들던 극장 주인의 안색이 실시간으로 변
하는 것이 보였다. 녀석은 자신을 둘러싼 문자열을 보더니, 얼

굴이 하얗게 질렸다.

　―설, 마, 당, 신, 은…… 아아!

　그리고 그것이 마지막이었다. 기이하게도, 놈은 경외에 젖은 얼굴이었다. '신념의 칼날'이 목을 치려는 순간, 놈의 몸이 안개처럼 흩어졌다. 마치 신성한 빛에 닿은 유령처럼, 혹은 금기를 어긴 형벌을 받기라도 하는 것처럼. 존재한 흔적도 없이 놈은 소멸했다.

　나는 얼떨떨한 기분으로 손을 내려다보았다.

　대체 무슨 일이 일어난 거지?

　[최초로 '극장 주인 시뮬라시옹'을 처치했습니다!]

　[보상으로 9,000코인을 획득했습니다!]

　[히든 시나리오의 클리어 조건이 충족됐습니다!]

　[보상으로 4,000코인을 획득했습니다!]

　뒤이어 떠오르는 메시지들. 뒤를 돌아보니, 극장 주인의 마수에서 풀려난 유중혁이 자리에 쓰러져 있었다. 다행히, 아직 죽지 않은 상태였다. 무리하게 [다종 교감]을 운용한 이길영도 마찬가지였다.

　"형……."

　나는 달려가 이길영을 끌어안았다. 힘이 빠진 이길영이 품 속에서 색색거리는 소리를 냈다.

['극장 던전'을 감싸던 결계가 사라집니다.]

 천장을 뒤덮고 있던 결계가 소멸하고, 나를 보는 충왕종의 모습이 보였다. 지금이라도 달아나야 할까 침을 삼키는데, 놀랍게도 녀석이 먼저 몸을 돌렸다. 이제는 흥미가 사라졌다는 것처럼. 그제야 안도의 숨과 함께 탈력감이 몰려왔다. 끝났다.

 "……괜찮아요?"

 서로 부축한 채, 정희원과 이지혜가 비틀거리며 다가왔다.

 "괜찮습니다. 희원 씨는요?"

 "괜찮아요. 지혜도 다행히 무사하고."

 유중혁한테 어지간히 얻어맞은 모양인지, 이지혜는 볼이 통통 부어서 말을 못 하고 있었다.

[세 번째 메인 시나리오의 종료 시간이 임박했습니다!]

 아래쪽도 슬슬 끝날 시간이 된 모양이었다. 옥상에서 주변을 돌아보자 멀찍이 날이 밝아오고 있었다. 이현성이 있었다면 '조국 기도문'이라도 읊을 법한 장관이었다. 정희원이 신음을 흘렸다.

 "아…… 서울이."

 희미한 새벽빛 아래에 폐허가 된 시가지가 보였다. 멀리서 간헐적인 폭음이 들려왔다. 이제 맹독 안개는 없었다. 무너진 건축물 아래에 깔려 죽은 시독 코뿔소. 사람들끼리 싸우는 광경도 보였다. 아마 우리보다 먼저 시나리오를 끝낸 그룹이겠지. 그리고 그 모든 풍경은 하나의 전경이 되어, 거대한 돔 안에 갇혀 있었다.

하나의 결계를 부수자 보이는 더 커다란 결계. 현재 서울은 투명한 돔 안에 고립된 상태였다. 정희원이 탄식하듯 말했다.

"진짜로…… 전부 끝장났구나."

새삼스러웠지만, 다시 한번 인정할 수밖에 없는 광경이었다. 무너진 빌딩을 보며, 저기 어디엔가 내가 다니던 미노 소프트가 있을지도 모르겠다는 생각이 들었다.

내 품속에서 이길영이 꼼지락댔다.

"정신이 들어?"

이길영이 가볍게 고개를 끄덕이더니 하늘을 가리켰다. 멀리서 유성우가 떨어지는 모습이 보였다.

유성우는 본래 메인 시나리오의 전조다. 그런데 전보다 유성우의 개수가 많아졌다. 곧 '홀'이 열린다는 뜻이겠지. 유성우는 아마 전세계에 떨어지고 있을 것이다. 정희원이 감탄하며 말했다.

"빌어먹게도 예쁘네요……."

정희원은 모르겠지. 멀리서 보면 아름다운 저 유성이, 낙하 장소에 있는 사람들에게 얼마나 끔찍한 악몽을 만들지를.

이제 더 큰 재앙이 올 것이다.

이길영이 작은 두 손을 모으고 뭔가 중얼거렸다. 정희원도 이지혜도 잠시 말이 없었다. 어쩌면 그들도 뭔가 빌고 있는지도 모른다.

우스운 일이다. 악몽의 원흉이 될 존재에게 소원을 비는 생명체는 전 우주를 다 뒤져봐도 인간밖에 없겠지.

잠시 후 이길영이 눈을 뜨며 나를 올려다보았다.

"형은 소원 안 빌어요?"

나는 그런 이길영을 잠시 내려다보다가 대답했다.

"나도 빌었어."

"뭔데요?"

"소원 내용을 말하면 안 이루어진대."

정희원이 핀잔을 주었다. 나는 그런 정희원을 한 번 보고, 쓰러진 유중혁을 보고, 다시 무너진 서울의 광경을 보며 입을 열었다.

"어떤 소설의 에필로그를 보게 해달라고 빌었어."

그게 무슨 말이냐는 듯, 이길영이 나를 올려다보았다.

나는 말없이 하늘을 올려다보았다.

서울의 상공에 조금씩 희미한 균열이 생겨나고 있었다.

해가 중천에 뜨면, 도깨비들은 새로운 지옥을 열기 시작할 것이다.

10

Episode

미래 전쟁

(1)

Omniscient Reader's Viewpoint

1

[메인 시나리오 #3 - '긴급 방어전'이 종료됐습니다!]
[보상으로 1,000코인을 획득했습니다.]

해가 중천에 뜬 후에야 시작될 줄 알았던 다음 메인 시나리오는, 빌어먹게도 세 번째 시나리오가 끝난 지 십 분도 채 되지 않아 기미를 보이기 시작했다.

[네 번째 메인 시나리오 시작이 임박했습니다!]

젠장, 얼마나 지났다고 벌써…….
나는 곧장 이지혜에게 다가갔다.
"너는 유중혁 데리고 여기에 있어."

"······그래도 돼?"

"어차피 지금 내려가봤자 도움도 안 돼. 그놈 깨어나면 깨어
난 대로 문제고."

이지혜가 여전히 정신 못 차리는 유중혁을 보며 고개를 끄
덕였다.

"그놈 깨어나면 알려만 줘. 뒤통수나 한 대 더 때려주게."

나는 정희원을 데리고 아래층으로 향했다. 이길영은 유성우
를 세다가 완전히 곯아떨어졌기 때문에, 내가 업고 내려가기
로 했다.

던전이 사라진 자리는 평범한 극장으로 바뀌었고, 5층 보상
던전의 아이템도 일반 무대 소품으로 변해 있었다. 마치 어제
있던 일이 모두 꿈이었다는 듯이. 비형의 목소리가 들려온 것
은 그때였다.

—내가 무슨 말 할지 알지?

'그래.'

—휴······ 간 떨어질 뻔했네, 진짜.

투덜대는 목소리를 들으며 나는 조금 안심했다.

성좌는 강력한 힘과 재력을 가지고 있지만, 결코 전지全知하
지는 않다. 왜냐하면 시나리오의 모든 소리와 영상은 무조건
도깨비의 '채널'을 통해 전해지기 때문이다. 즉 무슨 말인가
하면.

'필터링은 제대로 됐어? 흥분해서 쓸데없는 것까지 너무 많
이 말했는데.'

―당연히 됐지. 내 채널 망할 일 있냐? 그 수준의 정보는 자동으로 필터링된다고.

내 생각이 맞는다면, 아마 내가 유중혁에게 한 말은 성좌들에게 다음과 같은 방식으로 전달되었을 것이다.

―정말 그렇게 생각하는 거냐? 처음으로 ■■했을 때의 각오는 벌써 다 잊어버렸냐고.

―네가 왜 혼자냐? 네가 등신같이 ■■ ■■■■ ■■을 때도, ■■ ■■■ 안고 징징거릴 때도, ■■■■■ ■■■ ■ ■ ■■■ ■■! 네가 처음으로 사랑하는 사람과 ■■■ ■■을 때도!

―■■■을 돕고, ■■■■ ■■■와 맞서 싸우고! 마침내 ■■■ ■■ 섰을 때도!

실제로 얼마나 필터링이 심하게 되었는지는 모른다.

모르긴 몰라도 이보다 더하면 더했지 덜하지는 않을 것이다. 원작에서 유중혁이 '회귀자'라는 정보가 퍼질 때도, 초반에는 이런 식으로 정보가 차단되는 걸 본 기억이 있었다.

―성좌들은 아무것도 못 들었을 테니 걱정 마. 문제는 나도 별로 못 들었다는 거지만…….

'너도 못 들었다고?'

그건 조금 이상한데. 도깨비도 못 듣는 정보가 있나?

―그래 인마. 대체 무슨 얘길 한 거야?

도깨비도 못 들은 정보. 짐작 가는 게 하나 있긴 했다. 설마…… 벌써 개연성의 제약이 걸리기 시작한 건가? 나는 멸살법의 내용 일부를 자연스레 떠올렸다.

「<개연성>은 '스타 스트림'의 흐름을 통제하는 거대한 억제력이다.」

……떠올리긴 했지만, 당장 별 도움은 안 되었다. 멸살법이 망한 이유 중 하나는 작가 본인도 잘 모를 것 같은 설정이 너무 많다는 것이다.

'다른 성좌들 반응은 어때?'

─난리 났지. 지금도 너 무슨 얘기를 한 거냐고 한창 난리 치는 중이야.

그렇겠지. 필터링당하는 성좌들 입장에서는 유성 영화가 갑자기 무성 영화로 바뀐 셈이니까.

그래도 똑똑한 성좌라면 관리국에 따지는 대신 내 가능성에 주목하기 시작했을 것이다. 내 말이 필터링되었다는 것은, 반대로 말하면 현시점에서 드러나면 안 되는 정보를 알고 있다는 뜻이니까.

[비밀을 탐구하는 소수의 성좌가 당신의 존재를 눈여겨봅니다.]

[성좌, '은밀한 모략가'가 당신의 존재를 흥미로워합니다.]

[2,000코인을 후원받았습니다.]

비형이 깜빡했다는 듯 첨언했다.

—아까 간접 메시지 너무 많이 뜨는 바람에 너한테 따로 전송은 안 했다. 알지?

'앞으로도 그렇게 해. 코인 많이 내겠다는 놈들 메시지만 띄우고.'

—내가 무슨 네 매니저냐?

살짝 심통이 난 비형의 모습이 이내 허공에서 사라졌다. 어째 저 녀석은 시간이 지날수록 더 귀여워지는 것 같은데. 어쨌거나 일단 하나는 끝났다. 그리고 다른 하나는…….

"독자 씨, 힘들지 않아요? 길영이 제가 업을게요."

"아, 그래주시면 감사하겠습니다."

나는 정희원에게 이길영을 건네주었다. 어딘가 심각해 보이는 얼굴. 나는 조금 망설이다가 입을 열었다.

"희원 씨."

"네?"

"무슨 고민 있죠?"

"아뇨, 그냥……."

정희원은 잠깐 머뭇거리다가 한숨을 쉬었다.

"하…… 그래요. 내 성격상 담고 있는 건 도저히 못 하겠네요."

역시나. 정희원은 돌아가지 않고 곧장 찔러왔다.

"독자 씨 대체 정체가 뭐예요?"

"……아까 들으셨습니까?"

"조금은요."

꽤 거리가 떨어져서 괜찮을 거라 생각했는데, 불행히도 뭔가가 들린 모양이다. 하긴 정희원은 이지혜보다 가까이 있었고 인간끼리는 필터링도 제대로 안 되니까.

고롱고롱 코를 고는 이길영을 보며, 나는 절반만 솔직해지기로 했다.

"저는 미래의 일부를 알고 있습니다."

"정말인가요?"

"네."

정희원은 잠시 뭔가 고민하는 눈치였다. 내 말이 사실인지 아닌지 생각해보는 듯했다. 그러다 어느 순간 결심이 섰는지, 입술을 깨물더니 말했다.

"유상아 씨나 이현성 씨는 알고 있나요?"

"아직 모릅니다."

순순히 대답하자, 정희원이 이길영을 업은 채 주춤주춤 물러섰다.

"……갑자기 날 죽이거나 하진 않을 거죠?"

"갑자기 왜 그런 말씀을?"

"보통이라면 그런 전개잖아요. '넌 나에 대해 너무 많은 걸 알고 있어' 같은…….."

대체 그 '보통의 전개'는 어디서 왔을까. 왠지 내가 엄청 나쁜 사람이 된 것 같다.

"그런 식이라면 저는 벌써 희원 씨나 동료들을 죽였어야 할 것 같은데요. 기회도 제법 있었고요."

"사실 그게 조금 이상하긴 해요."

"그런 나쁜 목적으로 꺼낸 말 아닙니다. 오히려 그 반대죠."

"반대라고요?"

나는 정희원의 눈을 들여다보며 말했다.

"앞으로 남은 시나리오는 더 위험할 겁니다. 몇 번이나 죽을 고비를 넘겨야 할 거고, 소중한 것들을 잃게 될지도 모르죠."

"······그래서요?"

"그러니······."

점점 더 초조해지는 정희원의 눈을 바라보며, 나는 말을 이었다.

"앞으로도 제 곁에 있어주세요."

"······무슨 뜻이죠?"

"제 '동료'가 되어달라는 뜻입니다."

슬슬 나도 '내 사람'을 만들어야 할 시기였다. 적어도 쉽게 배신하지 않을 '믿을 수 있는 사람'을. 내가 각성시켰고, 마음도 읽을 수 있는 정희원은 그에 가장 적합한 인재였다. 잠깐 멍한 표정을 짓던 정희원이 입술을 실룩였다.

"독자 씨는 지금까지 절 동료로 생각하신 적이 없나 봐요?"

"정확히는 그 반대죠. 저 혼자 동료라고 생각한다고 동료가 되는 건 아니니까요."

정희원의 눈동자가 부드럽게 흔들렸다. 나는 일부러 한 발짝 물러섰다.

"동료가 부담스럽다면 거래라고 생각하셔도 좋습니다. 저는

희원 씨의 무력이 필요하고, 제 정보는 희원 씨에게 도움이 될 겁니다. 서로서로 주고받는 셈이죠. 앞으로도 우리 관계가 변하지 않는 게 중요합니다."

"조금 갑작스러운데…… 혹시 지금 답해야 하나요?"

"그건 아닙니다."

정희원 같은 사람에게는 성급한 감성팔이보다 느긋하게 접근하는 편이 더 호감을 사기 쉽다. 실제로 정희원은 그다지 표정이 나쁘지 않았다.

[등장인물 '정희원'이 당신의 솔직함에 안도합니다.]

[등장인물 '정희원'이 당신의 제안을 진지하게 고민하기 시작합니다.]

아마 고뇌는 길지 않을 것이다. 각성 이벤트에 큰 영향을 미친 만큼, 정희원의 무의식에는 내 존재가 깊이 각인되어 있을 테니까.

이번 시나리오가 끝나면, 두 번째 〈배후 선택〉이 시작되리라.

정희원도 비로소 배후성을 얻게 되겠지. 정희원의 진짜 저력은 그때부터 발현된다.

"그럼 나 하나만 더 물어봐도 돼요?"

"네."

"독자 씨가 아는 '미래'에서 저는 뭘 하고 있어요?"

나는 허공을 올려다보았다. 이거, 필터링 잘 되고 있겠지?

"저도 모릅니다."

"⋯⋯네?"

"제가 아는 미래에 정희원 씨는 없었으니까요."

"그게 무슨⋯⋯."

"그래서 이 거래가 희원 씨에게 꼭 필요한 겁니다."

정희원의 눈이 동그랗게 변했다.

정희원은 원작에서는 주목받지 못한, 내가 키워낸 변수다. 특성은 충분하니, 배후성만 제대로 얻으면 앞으로의 시나리오를 바꾸는 데 핵심적인 역할을 할 것이다.

특히 내가 모르는 '다른 변수'를 가진 놈들과 싸울 때라면 더욱더.

아래층에서 시끄러운 소리가 들린 것은 그때였다.

"잘 생각해보시고, 조금 서두르죠."

거의 날듯이 개찰구를 건너 플랫폼 쪽으로 내려가니, 꽤 여러 사람이 소수 인원을 둘러싼 채 압박을 가하는 모습이 보였다. 무슨 상황인지는 금방 이해가 갔다. 건물주 연합. 아직도 정신을 못 차린 모양이군.

"김독자란 새끼 어디 갔어? 빨리 말 안 해?"

자세히 보니 연합원 사이에서 곤란해하는 이현성이 보였다. 나는 일부러 걸음 소리를 크게 하며 그들을 향해 다가갔다.

"이현성 씨, 유상아 씨."

"저놈이다!"

내가 4호선 플랫폼으로 내려오자마자 연합원 중 누군가가 외쳤다.

익숙한 얼굴의 건물주 아저씨가 보인다. 밤새 벌인 치열한 전투의 흔적이 몸 곳곳에 남아 있었다. 언뜻 봐도 전체적인 능력치가 크게 상승한 것이 느껴진다. 마음에 드는군.

"공필두."

눈을 부라리는 공필두의 [무장지대]에서 무려 여덟 문이나 되는 미니 포탑이 올라왔다. 공필두를 중심으로 다시금 의기양양해진 연합원들이 나를 보고 있었다. 살려준 은혜도 모르고, 사람 마음이란 게 참 간사하지.

"저 새끼를 당장……!"

뭐라고 말하려던 공필두가 흠칫 몸을 떨며 멈칫거렸다. 허공에 차르르, 전류가 번지고 있었다.

[네 번째 메인 시나리오가 5분 뒤에 시작됩니다!]

시스템 메시지와 함께 도깨비 비형이 모습을 드러냈다.

[하하하, 여러분 잘 있었어요?]

심술궂은 목소리에 사람들의 안색이 어두워졌다.

[표정들을 보니 평안하신 모양이네요!]

"또 무슨 일로 온 거야!"

[당연히 네 번째 메인 시나리오 공지 때문에 왔죠.]

"이런……."

[자자, 그렇게 열불 내지 말고 들어요. 불평 많은 사람이 제일 빨리 뒈지는 거 알죠? 네 번째 메인 시나리오는 다른 역과

함께해야 해요. 상당히 흥미진진한 이야기가 기다리고 있으니 여러분도 아주 만족하실 거예요!]

다른 역과 함께한다는 말에 사람들의 안색이 더욱 어두워졌다.

충무로역 하나만 해도 이 지경인데, 다른 역까지 끼어들면 얼마나 난장판이 될지는 뻔한 일이다. 비형이 킥킥 웃었다.

[그런데 이 시나리오를 진행하려면 선결 과제를 수행해야만 해요. 단순히 사람만 많으면 아수라장이 될 뿐이잖아요? 그러니 여러분을 통솔해줄 존재가 필요해요. 즉 역의 '대표'가 있어야 한다는 뜻이죠!]

대표라. 드디어 시작이군.

[그러니까 지금부터 할 게임은 '전초전'이에요. 몸풀기 게임이라 할 수도 있겠네요. 게임 규칙은⋯⋯ 뭐, 보시면 알겠죠!]

심술궂게 웃는 비형이 사라지며, 모두의 앞에 메시지창이 떠올랐다.

[서브 시나리오가 도착했습니다!]

〈서브 시나리오 - 대표 선출〉

분류: 서브

난이도: C

클리어 조건: 플랫폼 중앙에 설치된 '흰색 깃발'을 차지하시오.

제한 시간: 30분

보상: 1,000코인, 충무로역의 대표

실패 시: ㅡ

* 대표는 소속원에게 강력한 통제권을 행사할 수 있습니다.

메시지창이 온전히 떠오르기도 전에, 벌써 무장지대를 해제한 공필두가 깃발을 향해 달리고 있었다. 과연 눈치 하나는 귀신같은 놈이다.

"모두 꺼져!"

폭주 기관차처럼 사람들을 밀쳐낸 공필두가 어느새 '흰색 깃발'을 앞두었다.

그렇게는 안 되지.

놈의 두툼한 손끝에 깃발이 닿으려는 그 순간, 내가 입을 열었다.

"공필두, 엎드려!"

[계약 조항에 따라 '명령권'이 발동합니다!]

"우와악!"

나는 무너진 공필두의 등짝을 사뿐히 밟고 뛰어올라 '흰색 깃발'을 손에 넣었다.

　[깃발 꽂이에서 '흰색 깃발'을 뽑았습니다.]
　[당신은 충무로역의 '대표'가 됐습니다.]
　['왕의 길'을 걸을 자격을 얻었습니다.]

2

깃발이 손에 휘감기는 순간 몸속에서 강력한 에너지가 용솟음치는 게 느껴졌다. 원래는 3회차의 유중혁이 가져야 했던 거지만…… 별 상관없겠지.

그놈이야 이런 거 없어도 세잖아?

['김독자'가 '흰색 깃발'을 차지했습니다.]

[앞으로 5분간 '흰색 깃발'의 소유주가 변하지 않으면, 충무로역은 '김독자'의 통제하에 들어갑니다.]

[깃발을 뺏으면 소유주가 바뀌며, 5분 타이머는 리셋됩니다.]

뒤이어 허공에 타이머가 떠올랐다.

[5:00]

공필두의 안색이 허옇게 질리며 나를 가리켰다.

"깃발 빼앗아! 오 분 안에만 빼앗으면 돼!"

뒤늦게 정신을 차린 연합원들이 나를 향해 달려왔다. 아하, 그러시겠다? 이현성이 나를 보았다.

"독자 씨!"

"현성 씨, 받아요!"

내 손에서 날아간 '헤라클레스의 방패'가 이현성의 손에 착, 하고 감겼다.

"이, 이건?"

"새걸로 하나 뽑았습니다. 이전에 쓰던 건 버리세요."

이현성의 얼굴에 함지박 같은 웃음이 걸렸다.

[등장인물 '이현성'이 특수 스킬 '광역 방어'를 발동합니다!]

헤라클레스의 방패를 중심으로 펼쳐진 반투명한 방어막이 우리 일행을 둘러쌌다. 역시 A급 아이템쯤 되면 쓸 만한 보조 스킬이 붙어 있단 말이지.

"우왓, 이거 뭐야!"

허공에 생겨난 방어막에 부딪힌 연합원들이 신음을 흘렸다. 낡은 병장기로 두드려보지만, 고작 E급이나 F급 장비에 방어막이 부서질 리 없었다. 그들이 의지할 곳은 정해져 있었다.

"필두 씨!"

"모두 비켜!"

그새 [무장지대] 레벨이 제법 올랐는지, 벌써 소규모 무장
지대가 공필두 발밑에 펼쳐지기 시작했다. 지대를 국지화해
재사용 대기 시간을 줄여보려는 속셈인가 본데, 제법 머리를
쓰는군. 이거, 아무래도 제대로 굴려줘야 정신을 차리겠는걸.

"공필두, 내가 아직 일어나라고 안 했는데?"

"으헉?"

공필두가 바닥에 머리를 쾅 박더니 다시 한번 납죽 엎드렸다.

[계약 조항에 따라 '명령권'이 발동합니다!]

"내가 일어나라고 할 때까지 바닥에 머리 처박고 있어."

공필두의 비명에, 당황한 연합원들이 소리쳤다.

"피, 필두 씨?!"

"이, 일으켜! 빨리!"

들러붙은 연합원들이 허겁지겁 공필두를 일으키려 애썼지
만, 워낙 덩치가 커서 그런지 쉽지 않아 보였다.

"그리고…… 그 포탑도 거슬리니까 좀 *끄고.*"

[등장인물 '공필두'의 '무장지대 Lv.6'가 해제됩니다.]

"이, 이 개……!"

"걸레 문 입도 좀 닥쳐. 삼십 분만 묵언수행 해라."

[계약 조항에 따라 '명령권'이 발동합니다!]

"읍읍읍읍읍!"

단 몇 마디에 믿었던 공필두가 무력화되자 건물주 연합원들은 완전히 전의를 상실한 얼굴이었다. 물론 놀란 것은 이현성을 비롯한 우리 일행도 마찬가지였다. 나는 씩 웃으며 말했다.

"자, 상황 파악은 다들 하신 것 같고, 이제 이야길 좀 해볼까 하는데……."

사람들이 주춤주춤 물러났다. 대충 숫자를 세어보니 남은 인원은 총 스물아홉. 건물주 연합원이 스물, 우리 일행을 비롯한 소수 인원이 아홉이었다. 많지는 않지만 차라리 잘됐다 싶었다. 처음부터 인원이 너무 많으면 관리하기 까다롭다.

나는 그들을 보며 말했다.

"지금 여러분에게는 선택권이 두 가지 있습니다."

이제 우리 편을 가를 시간이다.

"하나는 충무로역을 나가서 다른 역으로 가는 거고, 다른 하나는 저와 같이 이곳에 남는 겁니다."

"가, 갑자기 그게 무슨……."

"그냥 대답만 하세요. 여기에 남을 건지 다른 곳으로 갈 건지. 메인 시나리오가 시작되기 전에 결정하는 편이 좋을 겁니다. 아니면 여러분 모두 목숨이 위험해질 테니까요."

사람들의 눈동자가 기민하게 움직이기 시작했다. 누군가는 나를 보았고, 누군가는 공필두를 보았으며, 또 누군가는 다른 역으로 가는 터널을 보았다. 시선만으로도 누가 무슨 생각을 하는지 훤히 알 것 같았다.

"굳이 떠나겠다는 사람은 잡지 않겠습니다. 하지만 여기 남는다면 제 통제에 따라주셔야 합니다."

"통제……?"

"건물주 연합과 같은 행태는 용납하지 않습니다. 소수 그룹의 횡포도 허락할 수 없고요."

슬그머니 눈치를 보던 소수 인원들이 하나둘 내 쪽에 붙기 시작했다. 건물주 연합에 호되게 당한 그들이야 차라리 나한테 붙는 게 낫다고 생각했을 것이다. 연합원 중 몇 명이 외쳤다.

"결국 네가 왕 노릇 하겠다는 거 아냐!"

"부정하진 않겠습니다. 그래도 누구처럼 세금이나 생존비를 걷지는 않을 겁니다."

"당신 그룹에 들어가면 우리 안전은 보장됩니까?"

연합원 중 하나가 물었다. 하긴 세입자를 그렇게나 괴롭혀 댔으니 걱정될 법도 하지.

"외부 위험에 대해선 안전을 어느 정도 보장하겠지만, 내부에서 일어나는 일까지 간섭하진 않을 겁니다. 개인 간 다툼은 알아서 해결하셔야 합니다."

"그, 그런……."

"일 분 주겠습니다. 그때까지 모두 결정하세요."

일 분을 모두 기다릴 필요는 없었다. 이미 제각기 결심을 마친 얼굴이었으니까. 연합원 중 몇 명은 굳게 결심한 듯 내게 다가와 고개를 숙였다. 비교적 젊은 축들이었다.

"앞으로 잘 부탁드립니다. 잘못한 일들이 있긴 하지만, 부디 너그럽게 용서를 부탁드립니다."

"잘 부탁해요. 용서는 저한테 빌어야 할 건 아니겠지만 말입니다."

[그룹 내 일부 인원이 당신에게 신뢰감을 보입니다.]

또 다른 몇몇은 결국 충무로역을 떠나기로 결심한 듯했다. 그들은 쓰러진 공필두를 일으켜 어떻게든 움직여보려 애썼다. 나는 그 모습을 보며 말했다.

"아, 공필두는 두고 가시죠. 그 녀석은 내 소유거든요."

"그게 무슨……!"

"결정했으면 빨리 떠나시죠."

냉정한 선언에 연합원 다섯 명이 인상을 찌푸리며 물러섰다.

"강 씨! 정말 같이 안 갈 거야? 그놈 밑에 있어봐야 좋을 거 하나 없어!"

"다들 얼른 가자고! 진짜 저놈 따까리로 살 거야? 어떤 놈인지 잘 봤잖아!"

그러나 더는 이탈자가 나오지 않았다.

욕설을 내뱉은 다섯 사내가 미련 가득한 얼굴로 이쪽을 몇 번 돌아보더니, 이내 명동역 쪽 터널로 나아갔다. 다른 곳에 터전을 잡고 새로운 '건물주'가 되려는 속셈이겠지만, 애석하게도 그 계획은 실패할 것이다. 네 번째 시나리오에서 저런 '방랑자'는 포식자들의 좋은 먹잇감이니까.

마침 오 분이 경과했는지 시스템 메시지가 떠올랐다.

[서브 시나리오가 종료됐습니다.]
[1,000코인을 보상으로 받았습니다.]
[당신은 '흰색 깃발'의 효과로 충무로역의 진정한 '대표'가 됐습니다.]
[현재 당신의 무리: 24명]
[왕의 칭호를 얻기에 아직 당신의 명성이 미약합니다.]

왕의 칭호라.

하긴 '흰색 깃발'로 '왕'의 칭호를 얻기는 힘들겠지. 제대로 된 '왕의 길'을 걸으려면 깃발 색을 바꿔나가야 한다. 물론 흰색도 나름대로 '권한'은 있다.

['흰색 깃발'의 효과로 충무로 그룹에 대한 통제권을 얻었습니다.]
[당신에게 반발하는 그룹원에게 '징벌'을 내릴 수 있습니다.]
[현재 5명의 탈주 인원이 발생했습니다.]

나는 멀어지는 사내들에게 '징벌'의 효과를 조금 보여줄까 하다가 그만두었다. 공포 정치는 사람들을 다스리는 데 유효

하지만, 그런 폭정은 나한테 어울리지 않는다.

"그럼, 잘 부탁드립니다."

나는 하나하나 눈을 마주하며 말했다. 이현성은 신뢰감 어린 눈빛으로 나를 보고 있었고, 유상아와 정희원은 안도의 한숨을 내쉬었다. 나머지 사람들도 다들 비슷한 얼굴로 서로 눈치를 살피고 있었다.

아직은 오합지졸이지만 이 정도면 첫 출발로 나쁘지 않다.

잠시 후 허공에서 비형이 나타났다.

[오호라, 대표가 뽑혔군요. 그럼 이제 본 게임으로 들어가보자고요!]

[네 번째 메인 시나리오가 활성화됐습니다!]

〈메인 시나리오 #4 - 깃발 쟁탈전〉

분류: 메인

난이도: C

클리어 조건: (내용이 많아 창이 숨겨져 있습니다.)

제한 시간: 12일

보상: 2,000코인

실패 시: ???

나는 '클리어 조건' 부분을 눌러보았다.

장문의 메시지가 눈앞에 떠올랐다.

[클리어 조건]

1. 모든 역에는 '깃발'과 '깃발 꽂이'가 하나씩 있습니다.

* 깃발은 역의 '대표'만 소지할 수 있습니다.

2. 다른 역 그룹에서 깃발 꽂이를 지켜야 합니다. 역 깃발 꽂이
에 다른 그룹 깃발이 꽂힐 경우 역을 빼앗기며, 역을 빼앗긴 그
룹의 처우는 깃발 꽂이를 점거한 그룹에 의해 결정됩니다.

3. 다른 역 깃발 꽂이에 깃발을 꽂을 수 있습니다. 깃발 꽂기의
권한은 각 역 대표에게만 있으며, 도중에 무력 충돌로 대표가 사
망할 경우, 가장 먼저 깃발을 집는 사람에게 대표의 권한이 양도
됩니다. 다른 역 그룹에 깃발을 빼앗길 경우, 깃발을 빼앗긴 그
룹의 처우는 깃발을 빼앗은 그룹에 의해 결정됩니다.

4. 정해진 시일 내에 반드시 '표적 역'의 깃발 꽂이를 점거해야
합니다. 실패할 경우 그룹원은 전원 사망합니다.

5. 당신의 그룹이 점거해야 할 표적 역은 '창신역'입니다.

정희원이 잠시 생각하는 듯하더니 입을 열었다.

"우리 깃발이랑 깃발 꽂이를 지키면서 다른 역에 우리 깃발을 꽂아라, 뭐 그런 말 같은데. 제가 이해한 게 맞나요?"

"저도 그렇게 이해했습니다. 우리가 깃발을 꽂아야 하는 역은 창신역이고요."

이현성도 한마디를 거들었다. 이어서 내가 말했다.

"그런 것 같네요. 다들 이해력이 좋으시군요."

내 말에 정희원이 슬쩍 눈을 흘겼다. 다 알면서 뭘 모른 척하냐는 투다. 하긴 내가 미래를 안다는 사실을 알았으니 이제 내 모습이 얄미워 보이겠지. 나는 그런 정희원을 향해 씩 웃어주었다. 유상아가 자신의 어깨를 감싸며 속삭이듯 말했다.

"또…… 사람들과 싸워야 하는 걸까요?"

잠시 생각하던 이현성이 답했다.

"해당 역의 깃발 꽂이만 점거하면 그 역 그룹원에 대한 처우를 결정할 수 있다고 했으니…… 잘만 하면 사상자를 내지 않을 수도 있습니다."

"앗, 그러고 보니 그렇네요. 역을 빼앗긴다고 바로 사망한다는 말은 없군요? 처우를 결정할 때 해당 역의 그룹원을 받아들일 수만 있다면……."

"예, 누구도 죽지 않고 클리어가 가능할지도 모릅니다."

이현성이 미소 지으며 답했지만, 그걸 보는 내 마음은 편치 않았다. 유상아나 이현성은 무슨 천상의 논리로 세상을 이해하려는 것 같다.

아무도 죽지 않는 시나리오 같은 건 없다.

네 번째 시나리오는, 지금껏 겪어온 어떤 시나리오보다 많은 사상자를 낼 것이다. 내 마음을 아는 듯, 정희원이 살짝 인상 쓰며 말을 끊었다.

"창신역이 몇 호선이죠? 일단 그것부터 알아야 할 것 같은데요."

노선표를 확인한 이현성이 말했다.

"6호선입니다. 터널로만 이동한다면 약수역 쪽으로 돌아가서 환승역을 이용하는 방법이 있는데……."

"그럼 그룹을 나눠야겠네요. 몇 명은 이곳을 지키고, 몇 명은 그쪽을 정찰하러 떠나는 게 어떨까요?"

내가 딱히 말하지도 않았는데 활발히 의견을 교환하는 일행들을 보고 있으려니, 어쩐지 흐뭇한 심경이었다.

[시나리오 활성화로 인해 '충무로역'의 안전 결계가 해제됩니다.]
[다른 역과 자유로운 이동이 가능해졌습니다.]

제각기 의견을 나누는 동안 나는 공필두를 향해 다가갔다.

"공필두, 이제 말해도 돼."

그러나 명령이 해제되었음에도, 공필두는 나를 향해 으드득 이를 갈 뿐 쉽게 입을 열지 않았다.

"나한테 악감정이 있다는 건 알아. 하지만 당신도 적응해야지. 건물주이던 시절은 끝났다고."

"……."

"당신이 왜 그렇게까지 '땅'에 집착하는지는 알아. 하지만 적당히 해. 앞으로도 살아남고 싶다면 말이야. 당신에겐 해야 할 일이 있잖아?"

흔들리는 공필두의 눈빛. 나는 계속해서 말했다.

"당신은 이곳을 지키는 역할을 맡을 거야."

공필두는 세 번째 시나리오뿐만 아니라, 네 번째 시나리오에서도 매우 유용한 말이다. 적어도 공필두가 이곳을 지키는 한, 유중혁급의 미친놈이 오지 않는 이상 충무로역은 안전할 테니까.

"내가 왜 네놈 말을……."

"이번엔 억지로 명령하진 않겠어. 그리고 네가 따라준다면, 그만한 보상도 있을 거야."

"……."

"잘 생각해보라고. 떨어져 있을 가족 생각도 좀 하고."

마지막 말에 공필두의 눈이 커졌다.

"너, 어떻게……!"

터널 쪽에서 소음이 들려온 것은 그 순간이었다. 시끄러운 경적과 함께 동대문역사문화공원역, 그러니까 '동역사역'으로 가는 4호선 철길 쪽에서 헤드라이트가 반짝였다.

바이크의 엔진 소리, 매캐한 배기가스.

무언가가 충무로역을 향해 다가오고 있었다.

3

시나리오 시작된 지 얼마 되지도 않았는데, 벌써?

원작 내용을 떠올려보았지만, 이렇게 빨리 침탈이 시작된 기억은 없었다. 변수가 나타났다는 뜻이었다. 곧 어둠 속에서 헤드라이트가 꺼지더니 두런거리는 말소리가 들렸다.

"아, 드디어 충무로역 뚫렸네."

"하 참, 겨우 그런 시나리오 깨는 데 오래도 걸린다니까."

"야, 조용히 해. 다 들리겠다. 그리고 역마다 시나리오 차이 나는 거 몰라?"

내가 눈짓을 보내자 일행들이 병장기를 들고 일어났다. 전투에서는 자리를 선점하는 것이 중요하다.

내가 제일 앞으로 나섰고, 이현성과 정희원이 그다음, 마지막으로 유상아가 따라왔다. 이길영은 아직 자고 있어서 내버려두었다.

몇 초의 시간이 흘렀을까. 어둠 속에서 이쪽을 향해 걸어오는 네 명의 남녀가 보였다. 내가 입을 열었다.

"거기 멈추시죠."

"엇? 이런, 이런."

그는 내가 겨눈 칼날을 보고 깜짝 놀라 제자리에 멈춰 섰다. 하얗게 빛나는 바이크의 외견이 보였다. 어둠 속에서 병장기를 빼는 소리가 들렸지만 사내의 목소리가 더 빨랐다.

"잠깐만요. 진정들 하십시다. 이것 참, 무서워서 말도 못 하겠네."

"무기 내려놓고, 이쪽으로 천천히 다가오시죠."

사내는 순순히 자신의 무기를 바닥에 내려놓고 두 손을 든 채 이쪽으로 다가왔다. 불빛이 비치는 곳에서 보니 인상은 썩 나쁘지 않았다. 적당히 호감형. 얇은 눈매가 부드럽게 호를 그렸다.

"너무 경계하지 마십시오. 저흰 싸우러 온 게 아닙니다."

"그럼……?"

"일단 제 소개부터 하죠. 저는 '동대문 그룹'에서 부대표를 맡고 있는 강일훈이라고 합니다."

강일훈? 곧바로 떠오르는 이름은 아니었다. 게다가 동대문역의 부대표라…… 이거, 뭔가 일이 이상하게 풀리는데.

[전용 스킬, '등장인물 일람'을 발동합니다!]

스킬이 작동하는 걸 보면 일단 소설 속 등장인물은 확실한
것 같았다.

〈인물 정보〉

이름: 강일훈

나이: 31세

배후성: 넉살 좋은 잡담꾼

전용 특성: 소문 전문가(일반)

전용 스킬: [무기 연마 Lv.2] [화술 Lv.3] [소문 퍼뜨리기 Lv.1]

성흔: [소란 피우기 Lv.1]

종합 능력치: [체력 Lv.12] [근력 Lv.13] [민첩 Lv.13] [마력
Lv.10]

종합 평가: 불행히도 배후성을 잘못 만나 개화하지 못했지만, 적
당한 병졸로 쓰이기에는 준수한 능력치를 가진 인물입니다. 진
실과 거짓을 가리지 않고 소문을 퍼뜨리므로 주의를 요합니다.

소문 전문가라⋯⋯ 벌써 이런 놈들이 활개 칠 때가 왔나.

강일훈이 살짝 초조한 기색으로 나를 보았다.

"그쪽 분은 성함이⋯⋯?"

"김독자입니다."

"아, 김독자 씨……?"

내 이름을 들은 강일훈의 표정에 일순 의아한 빛이 스쳐 갔다. 그러나 정말 잠시뿐이었다.

"반갑습니다, 김독자 씨. 깃발을 갖고 계신 걸 보니, 역 대표이신 모양이죠?"

"그렇습니다."

그는 내 행색을 유심히 보더니, 이내 주변 일행들도 훑듯이 살펴보았다. 우리 측 전력을 확인하는 듯했다. 눈썰미가 제법인 녀석이지만, 안타깝게도 상대를 잘못 만났다.

"다 구경하셨으면 본론으로 들어가시죠."

"하핫. 실례했습니다. 저희 쪽도 안전을 염려할 필요가 있어서 말입니다."

강일훈은 당황하지 않고 말을 이어갔다.

"다시 말씀드리지만 저희는 싸우러 온 게 아닙니다. 뭐랄까, '좋은 제안'을 드리러 왔다고 하면 어떨까요?"

나는 강일훈 쪽 일행의 행색을 살폈다. 깃발을 가진 이는 보이지 않았다.

"그 말을 어떻게 믿죠?"

"흠, 규칙을 확인하셨다면 아실 텐데요? 저희가 싸우러 왔다면 대표와 함께 왔을 겁니다. 깃발을 꽂을 수 있는 건 각 역 대표뿐이니까요."

사실이다. 분명 사실이기는 한데.

"제안이 뭡니까?"

"동맹을 요청하러 왔습니다."

동맹이라는 말에 충무로역 쪽 그룹원이 웅성거리기 시작했다. 강일훈이 너스레를 떨었다.

"아, 충무로역은 방금 개방되어서 잘 모르시겠군요. 사실 '네 번째 시나리오'는 이미 이틀 전부터 진행 중입니다."

"……이틀 전?"

유상아가 반사적으로 중얼댔다. 강일훈이 고개를 끄덕였다.

"예, 세 번째 시나리오는 역마다 내용과 기간이 조금씩 다른데…… 혹시 모르셨습니까?"

"아……."

이제 막 세 번째 시나리오가 끝난 참인데 그런 것까지 알 턱이 없었다. 원작에서도 충무로역은 다른 역에 비해 후발주자로 시나리오에 참가한다.

즉 정보 면에서 조금 손해를 보고 시작하는 셈이다.

그런 의미에서 강일훈의 동맹 제안은 시기적절한 유혹이 아닐 수 없었다. 이쪽은 정보가 필요하고 저쪽은 우리의 힘이 필요하다. 문제는 저쪽의 흉계가 무엇이냐, 하는 것인데.

"선뜻 받아들이기 어려운 제안이군요. 그쪽에 다른 꿍꿍이가 있는지 알 수 없으니까요."

"흐음, 확실히 독자 씨 말씀이 맞습니다. 대뜸 동맹하자는 말부터 꺼내면 믿지 않으실 테니 저희 패부터 먼저 공개하는 게 좋겠군요. 단도직입적으로 말씀드리면, 충무로역은 저희 표적 역이 아닙니다."

"그 말을 어떻게 믿죠?"

"믿으셔도 좋고 안 믿으셔도 좋습니다. 하지만 잘 생각해보시기 바랍니다. 만약 충무로가 저희 표적이라면 본대를 전부 끌고 왔을 겁니다. 솔직히 깃발 꽂이가 제일 취약한 때는 역이 개방된 직후거든요."

설득력이 없지는 않군.

"만약 우리 쪽 표적 역이 동대문이면 어쩌려고 그러십니까?"

"하하, 그런 걱정은 없습니다. 저희를 표적으로 삼는 역이 어딘지는 이미 아니까요. 괜히 여러분을 찾아온 게 아닙니다."

"각자 표적 역이 다르니, 서로서로 도와가며 시나리오를 클리어하자…… 그런 뜻입니까?"

"그렇습니다. 이럴 땐 서로 돕고 살면 좋지 않겠습니까?"

강일훈이 웃으며 고개를 끄덕였다. 내가 잠시 침묵하는 사이 유상아가 입을 열었다.

"저, 한 가지 궁금한 점이 있는데요."

"네, 뭐죠 아가씨?"

"왜 하필 충무로로 오셨나요? 동대문에서 오신 거면 다른 역과도 동맹을 맺을 수 있었을 텐데요."

예리한 지적이었다. 실제로 강일훈은 조금 당황한 듯했다.

"아, 그건 말씀드렸다시피 충무로역이 '방금' 개방되었기 때문입니다. 무슨 말이냐 하면…… 음. 다른 역은 이미 동맹 관계가 형성되어 있거든요. 하지만 충무로는 아닐 거라 생각했고…… 하하, 혹시나 해서 묻는 겁니다만, 벌써 동맹 맺은 역이 있으십니까?"

흐음……

"아뇨, 없습니다."

내 말에 강일훈이 진심으로 다행이라는 표정을 지었다.

"그럼 저희 동대문역과 동맹을 맺으시죠. 후회하지 않으실 겁니다. 무엇보다 저희에겐 이번 시나리오에 대한 '필승 해법' 이 있거든요."

"필승 해법이요?"

"예, 사실 저희 그룹은 이번 시나리오의 숨겨진 비밀을 알고 있습니다."

싱긋 웃어 보인 강일훈이 마지막 못을 박았다.

"자세한 건 동맹에 찬성하시면 알려드리겠습니다."

※ ※ ※

나는 유상아, 이현성, 정희원을 앉혀놓고 의견을 교환했다. 유상아가 먼저 말했다.

"어떻게 하죠? 일단 동맹을 맺는 게 좋을까요?"

"난 반대예요. 저 사람들 못 믿겠어요. 뭔가 찜찜한 느낌도 들고요."

정희원이 말하자 이현성이 곧장 토를 달았다.

"하지만 이 시나리오에 대한 정보를 알고 있다면, 저 사람들 과 알아두는 것도 나쁘지는 않을 것 같습니다. 희원 씨 말대로 신뢰는 안 가지만……."

마지막으로 세 사람은 나를 보았다. 나는 어깨를 으쓱했다.

"그럼, 일단은 말입니다……."

결정을 끝낸 우리는 충무로역 곳곳을 구경 중인 강일훈과 동대문 그룹을 불러들였다.

"그쪽 대표를 만나보고 결정하기로 했습니다."

"아, 그러시겠습니까?"

"대표는 어디 있습니까?"

"동대문 쪽입니다. 괜찮으시다면 안내해드려도……."

"그렇게 하시죠."

우리는 그들이 타고 온 바이크의 뒷좌석에 탑승했다. 나는 이현성과 유상아, 그리고 정희원을 데려가기로 했다. 이길영은 일부러 공필두 곁에 두고 왔다. [다종 교감]으로 심력을 많이 쓴 터라 아직 깨어나지 못하고 있었기 때문이다. 물론 이길영을 보호하라고 공필두에게 명령을 걸어두는 것도 잊지 않았다.

"그럼 출발합니다."

시동 소리와 함께 바이크가 움직이기 시작했다. 이십 초쯤 지났을까. 내가 입을 열었다.

"근데 말입니다, 강일훈 씨."

"예?"

"그 사람들이 충무로역에 대해 다른 말은 안 하던가요?"

"예? 그게 무슨……."

"가령 '유중혁'이란 이름을 가진 엄청 무서운 남자가 있을 거라든가."

"하하, 무슨 말씀이신지 잘……."

내 말을 신호로, 우리 일행은 거의 동시에 바이크 뒷좌석에서 점프했다.

"유상아 씨!"

뻗어나간 유상아의 [실 묶기]가 바이크 네 대의 바큇살을 한꺼번에 묶었다. 서로 노선이 엉킨 바이크가 굉음을 내며 충돌했다.

콰아아앙!

"으아아악!"

달려가던 동대문 그룹원들은 그대로 비명을 내지르며 나가떨어졌다.

우리 일행은 유상아가 천장에 묶어둔 실을 붙잡고 안전하게 매달린 상태였다. 일종의 안전벨트라고 할까. 유상아의 배후성이 스파이더맨이라고 해도 믿을 정도의 묘기였다.

흙먼지를 뒤집어쓴 채 바닥을 뒹굴던 강일훈이 외쳤다.

"이, 이게 무슨 짓입니까!"

"무슨 짓? 그건 내가 묻고 싶은 말인데."

나는 터널 앞쪽을 바라보며 말했다.

"기습을 하려면 은신 레벨을 좀 더 높였어야지."

이건 뭐, [절대감각]이 없는 나한테도 걸릴 지경이니……

뭔가 잘못됐음을 눈치챈 강일훈이 소리를 질렀다.

"쳐라!"

거의 동시에 터널 사방에 은신하고 있던 인원이 튀어나왔다.

그럴 줄 알았지. 역시 내 깃발을 노렸군.

[등장인물 '정희원'이 전용 스킬 '심판의 시간'을 발동합니다.]

[절대선 계통의 성좌들이 해당 스킬 사용에 동의합니다.]

['심판의 시간'이 활성화됐습니다.]

"어? 안 될 줄 알았는데. 완전 자기들 맘대로잖아?"

정희원이 의외라는 듯 씩 웃으며 말했다.

"나쁜 놈 찾기 더럽게 힘드네."

서늘한 목소리와 함께 달려간 정희원의 검이 어두운 터널 속을 누볐다. 보이는 것은 [귀살]이 일렁이는 붉은색 눈동자뿐. 어둠 속에서 핏빛 검광이 몰아칠 때마다 누군가의 비명이 울려 퍼졌다.

"뭐, 뭐야!"

"저 미친년이…… 으아아악!"

서걱! 서거걱!

열 명은 족히 되어 보였지만, 정희원은 조금도 밀리지 않고 베어갔다. 히든 던전 클리어 후 능력치가 얼마나 상승했는지 알 수 있는 광경이었다.

나 역시 [백청강기]를 전개해 손쉽게 강일훈을 제압했다.

몇 시간 전까지 무려 유중혁을 상대하던 몸인데, 이런 잔챙

이 하나 제압하는 게 어려울 리 없다.

"독자 씨, 충무로가……!"

이현성의 외침에 뒤를 돌아보니 충무로역에서도 한창 소란이 벌어지고 있었다. 우리가 떠나자마자 기습했을 것이다. 나는 유상아에게 부탁해 강일훈을 포박해놓고 곧장 역으로 달려갔다.

플랫폼에서 이미 난전이 벌어지고 있었다.

하지만 잠깐 상황을 지켜보기로 했다. 먼저 확인해야 할 것이 있었기 때문이다.

"이 새끼들 뭐야!"

명동역 쪽에서 달려온 그룹원 수십 명이 충무로역 사람들을 향해 마구잡이로 무기를 휘두르고 있었다. 그런데 자세히 보니 놈들이 든 무기가 뭔가 익숙했다.

"저, 저거 김 씨가 들고 있던 거야!"

아무래도 명동역 쪽으로 향한 건물주 연합은 이미 저 녀석들에게 당한 모양이었다. 하긴 그룹을 잃은 방랑자는 저놈들에게 살아 있는 코인 덩어리로밖에 안 보일 테니까.

달려드는 적 중에서도 가장 눈에 띄는 것은 머리에 '붉은색 깃발'을 두건처럼 두른 녀석이었다.

"제압은 나중에 해! 깃발만 꽂으면 끝난다!"

그렇군. 저놈이 '대표'다.

4

"깃발 꽂이까지만 길을 뚫어!"
달려온 방향으로 볼 때 놈은 명동 그룹 대표인 듯했다.
동대문 쪽과는 이미 손발을 맞추고 있었던 모양.

[명동역 대표 '김현태'가 '붉은색 깃발'의 부가 효과를 사용합니다!]

벌써 깃발 색깔까지 바꾼 녀석이다. 게다가 '붉은색'이라.
'깃발 쟁탈전'의 핵심은 바로 깃발의 '색깔'에 있었다. 흰색
부터 붉은색, 남색, 갈색, 보라색, 검은색에 이르기까지. 깃발
은 색깔이 변할 때마다 점점 더 좋은 부가 효과를 제공한다.

[명동 그룹이 '붉은색 깃발'의 버프 효과를 받습니다!]

[공격력과 방어력이 각각 5퍼센트씩 증가합니다!]

깃발이 붉은색이라는 것은, 이미 하나 이상의 역을 점거했 거나 다른 역 대표를 죽여 깃발을 빼앗았다는 뜻이겠지.

눈대중으로 봐도 꽤나 준수한 전투력을 가진 것 같았다. 하 지만…… 고작 그 정도로 충무로역을 노리다니 어림도 없지.

[등장인물 '공필두'가 성흔 '무장지대 Lv.6'를 활성화합니다!]
[등장인물 '공필두'가 '사유지 Lv.6'를 활성화합니다!]

공필두는 너무 늦지 않게 움직였다.

"하찮은 놈들이……!"

혹시라도 굼뜬 기색이 보이면 '명령권'을 쓸 생각이었는데, 다행이었다. 이대로라면 공필두에게 충무로역의 수비를 맡겨 도 좋을 것이다.

깃발 꽂이 쪽으로 달려드는 명동 그룹을 향해, 여덟 문의 미 니 포탑이 동시에 불을 뿜었다.

"뭐, 뭐야!"

"와아아악!"

허공에서 터져나가는 살점들. 과연 공필두가 사기는 사기다.

"크으윽! 모두 모여!"

뒤늦게 명동 그룹 인원들이 밀집 대형으로 뭉쳤으나, 무려 6레벨을 돌파한 무장지대의 포탄을 견디기에는 역부족이었다. 혼자 긴급 방어전을 클리어하도록 내버려둔 보람이 있는 정경이었다.

얼마나 많은 탄을 퍼부었을까. 강화 마력탄을 그대로 뒤집어쓴 명동 그룹원은 순식간에 벌집이 되어 나가떨어졌다. 공필두가 적일 때는 무서워도 아군일 때는 이렇게나 든든하다.

"이, 이런 정보는 없었는데!"

"후퇴해라!"

그러나 놈들이 도망갈 곳은 없었다.

"어딜 가시려고?"

['부러지지 않는 신념'의 특수 옵션이 발동합니다.]

[에테르 속성이 '불꽃'으로 변환됩니다.]

칼날에서 뻗어 나온 불꽃의 에테르가 녀석들의 도주로에 불의 벽을 만들었다. 녀석들이 당황해 주춤거리는 순간, 공필두의 사격이 이어졌다.

"뚜, 뚫어! 빨리…… 커헉!"

마력 포탄에 직격당한 명동역 대표의 머리 위에서 깃발이 풀어졌다. 깃발을 발견한 공필두의 눈이 반짝였다. 하여간 저 자식은.

"또 등짝 밟힐래?"

허겁지겁 달려오던 공필두가 석상처럼 굳어졌다.

"망할 놈……."

나는 단숨에 철길을 달려가 떨어진 명동역 대표의 깃발을 주워 들었다. 절망한 명동역 대표의 눈동자에서 초점이 사라져갔다.

[당신은 '명동 그룹'의 깃발을 획득했습니다.]
[당신의 '흰색 깃발'이 '붉은색 깃발'의 누적 공적치를 흡수합니다.]
[당신의 '흰색 깃발'이 '붉은색 깃발'로 진화합니다.]

더 강력한 힘이 몸 안에서 요동치는 것이 느껴졌다.

['왕의 길'에 한 발짝 가까워졌습니다.]

'붉은색 깃발' 이후의 깃발은 대표뿐만 아니라 주변 그룹원의 능력치까지 증폭시킨다. 종합 능력치나 S급 이상의 아이템들을 제외하면, 기본 전투력을 키울 수 있는 몇 안 되는 수단이 바로 이 '깃발'이다. 그래서 그룹들은 표적이 아닌 다른 역도 노리게 되는 것이다.

다른 '왕 후보'도 각자 깃발 색을 바꾸기 위해 이미 본격적인 전쟁에 들어갔을 것이다. 이 세계는 더 강해질수록 더 많은 것을 누릴 수 있으니까.

['명동 그룹'의 남은 그룹원이 당신의 처우를 기다립니다.]

나는 주변에 너부러진 명동 그룹원 하나를 붙잡고 물었다.

"왜 충무로역을 노렸지?"

강일훈의 말을 처음 들었을 때부터 뭔가 찜찜했다. 충무로역이 개방된 걸 알았다는 소리는 그렇다 쳐도, 그렇게 기다렸다는 듯 들이닥치는 건 상식적으로 있을 수 없는 일이었다. 일행들을 관찰하던 묘한 시선도, 내가 대표라는 사실을 알았을 때 놈이 짓던 이상한 표정도…… 이놈들은 처음부터 이 역에 뭐가 있는지 알고 있었다.

나는 녀석의 목에 칼날을 가져다댄 채 물었다.

"말해, 누가 너희에게 충무로의 정보를 알려줬나?"

〈선지자들〉일 가능성이 가장 높을 것이라 생각했다.

극장 던전에서 만난 사내들이 언급했던, 남들이 모르는 '히든 정보'를 안다는 녀석들.

혹시나 해서 멸살법 파일을 꼼꼼히 검색해보기도 했지만, 역시나 '선지자들'이란 이름이 등장한 적은 없었다. 그렇다면 그들은 누구인가?

가설은 둘이다.

하나는 내가 모르는 어떤 변수로 인해, 안나 크로프트를 제외한 새로운 예언자가 등장했다는 것.

그리고 또 하나…… 나 말고도 또 '독자'가 있다는 것.

솔직히 나는 후자일 가능성이 크다고 생각했다. 예언자 특성은 그렇게 쉽게 개화하는 게 아니니까. 더구나 〈선지자들〉이라는 복수형 이름도 그렇고.

뭐, 확실한 건 지금부터 알아보면 되니까.

나는 공필두를 보며 물었다.

"근데…… 좀 적당히 하지 그랬냐?"

"무턱대고 덤비는 놈들한테 무슨 자비를 베풀어?"

공필두가 짜증을 냈다.

아쉽게도 명동 그룹 녀석들은 탄환을 너무 많이 맞은 탓인지 도저히 대답을 할 상태가 아니었다. 뭘 물어보기가 무섭게 전부 피를 토하며 죽어버렸다. 결국 물어볼 사람은 하나뿐이었다.

나는 이현성이 들쳐 메고 온 강일훈을 내려다보았다. [실묶기]에 포박당한 녀석의 눈동자가 불안하게 굴러가고 있었다. 유상아가 물었다.

"처음부터 전부 계획이었을까요?"

"높은 확률로 그럴 겁니다. 역이 개방되자마자 두 그룹이 연합해서 공격해왔어요. 사전 약속이 됐다는 얘기죠."

"그렇게 선한 얼굴로 다가와서는……."

"아쉬우십니까? 동맹을 못 하게 되어서요."

"……조금은요."

"사람 너무 믿지 마세요. 앞으로도 일이 상아 씨 생각처럼 쉽게 풀리진 않을 거예요."

그 말에 유상아가 나를 바라보았다.

"알아요. 그래도…… 가능하면 믿고 싶었어요. 사람을 믿어서 여기까지 올 수 있었으니까요."

"저기, 두 사람 언제까지 떠들 거예요? 빨리빨리 정보부터 캐내자고요."

불쑥 정희원의 핀잔이 끼어들었다. 하긴 지금 인생 충고나 할 때가 아니지. 나는 강일훈의 입을 막고 있던 실타래를 풀어 주었다. 강일훈은 침착함을 유지하려 애쓰는 모습이었다.

"이제 저를 어떻게 하실 겁니까?"

"그건 네가 얼마나 쓸 만한 정보를 뱉느냐에 달렸지."

"쓸모의 기준은 당신이 정하는 겁니까?"

생각보다는 제법 강단이 있는지 이 상황에서도 말대답을 하는군. 그렇다면 강경책을 쓰는 수밖에 없는데…….

정희원이 말했다.

"어차피 성좌들도 '악인'이라 규정한 놈인데 고문이라도 해 볼까요?"

"뭘 귀찮게 고문까지 합니까. 말 안 하면 그냥 죽이면 되죠."

"네?"

나는 망설임 없이 칼을 뽑아 들었다. 강일훈이 부들부들 떨며 나를 올려다보았다.

"지금부터 셋을 센다. 셋 안에 입을 안 열면, 너는 죽어. 번복은 없다."

나는 일부러 [백청강기]를 발동한 뒤 지면에 칼을 푹 꽂아 넣었다.

"하나."

까드드드득!

[백청강기]의 힘으로 지면이 갈려나가며, 녀석의 목을 향해 칼날이 움직였다. 바닥 파편이 녀석의 얼굴에 튀었다.

"둘."

어느새 코앞까지 다가간 칼날의 열기가 녀석의 얼굴을 데우기 시작했다. 이제 조금만 지나면 에테르 블레이드는 놈의 눈알을 벨 것이다.

"세……."

"동묘앞!"

나는 씩 웃었다. 고문? 그런 건 필요 없다. 숨을 헐떡이며 강일훈이 외쳤다.

"……도, 동묘앞역에 충무로역에 관해 알려준 자들이 있습니다."

동묘앞이라, 거기에 누가 있더라?

"그게 누군데?"

"자, 자기를 〈선지자들〉이라 부르는……."

그런데 놈의 상태가 이상했다. 서서히 눈이 뒤집히기 시작하더니 급기야 죽은 사람처럼 혀를 빼물었다. 불길한 예감이 스쳤다.

설마 [암시]가 걸려 있었나?

"유상아 씨, 실타래로 이 녀석 입 막아요!"

녀석의 턱이 닫히기 전에, 다행히 유상아가 소환한 실타래가 입을 틀어막았다. 살짝 소름이 끼쳤다. [암시]까지 사용해서 정보를 통제하고 있었을 줄이야…… 생각 이상으로 치밀한 녀석들이다.

한편으로는 의외로 일이 쉽게 풀리겠다는 생각도 들었다.

[암시]는 직접 얼굴을 본 상대에게만 걸 수 있는 스킬.

나는 강일훈을 내려다보며 중얼거렸다.

"운 좋은 녀석이군요."

적어도 이 녀석이 있으면 놈들 중 하나는 확실히 특정할 수 있다.

※ ※ ※

본격적인 탐색에 나서기 전, 나는 마지막으로 극장 옥상에 들렀다.

"그 자식 아직 안 깨어났어?"

내가 오는 줄 몰랐는지 이지혜가 흠칫 몸을 떨었다. 유중혁은 여전히 기절한 채 이지혜의 무릎을 베고 누워 있었다. 자식이, 주인공 주제에 팔자도 좋지. 독자인 나도 지금 피곤해 죽겠는데.

"아래층은?"

"걱정하지 말고 쉬어."

"우리 사부…… 이제 괜찮을까?"

"괜찮을 거야. 트라우마가 좀 남을 수도 있지만."

"……트라우마?"

"그 자식 보기보다 정신상태가 허약하거든. 푹 자면 좀 나아질 테니까 조금만 더 수고해줘."

"엄청 잘 아는 것처럼 말하네."

"세상에서 제일 잘 알지."

나는 건성으로 답하며 품속에서 메모지를 꺼내 볼펜으로 단어를 써나갔다. 그러고는 꽉 채운 메모지를 접어 이지혜에게 건넸다.

"넌 읽지 말고, 이따가 유중혁 일어나면 줘. 알았지?"

"……알았어."

말은 이렇게 했지만, 이지혜라면 읽어볼 게 뻔하다.

어차피 유중혁만 알아들을 단어들을 툭툭 던져놓은 식이라 봐도 이해 못 하겠지만.

그나저나 이 메모지 속 정보도 성좌들에게는 '■■■'로 보이려나?

[성좌, '긴고아의 죄수'가 '■'를 싫어합니다.]

그렇군. 돌아서려는데 이지혜가 입을 열었다.

"근데, 뭐 하나만 물어봐도 돼?"

"뭐?"

"저기, 아까 새벽에 말야. 우리 사부랑 아저씨랑……."

왠지 이지혜가 무슨 말을 할지 알 것 같았다.

젠장, 정희원도 모자라 이지혜까지 들었나? 나도 참 멍청하다. 성좌만 고려하느라 정작 옆에서 듣던 인간들을 생각하지 못했으니. 저 유중혁도 멍청하다며 비웃을 일이다. 뭐라고 변명하면 좋지?

"그, 뭐냐. 둘이 있잖아……."

"뭐."

일단 시치미를 떼기로 했다. 그러자 이지혜의 표정이 더 심각해졌다.

"그러니까, 아까 막 그랬잖아 아저씨가."

"그니까 뭐."

"……그딴 감상에 빠지지 않기로 했잖아!"

이지혜가 짐짓 내 목소리를 흉내 내며 외쳤다. 그 말을 갑자기 남의 입으로 들으니 약간 돌아버릴 것 같다.

"처음으로, 그…… 그 했을 때의 각오! 벌써 다 잊어버렸냐?"

"……?"

뭔가 이상한데? 이 자식, 거의 필터링된 수준으로 들었잖아?

"내가 뭐 때문에 널 따라왔는데! 네가 왜 혼자야? 우린 함께라고!"

"아니, 잠깐만."

"네 곁엔 늘 내가 있잖아! 희망을 잃지 마! 우리 아이를 생각해!"

"그런 이야기는 안 했어."

"내가 왜 너 때문에 여기까지……!"

어이가 없어져서 잠시 이지혜를 빤히 보았다.

아니, 그걸 어떻게 들으면 그따위로 들리지?

"여, 역시 그런 거야? 아저씨랑, 우리 사부랑, 그러니까……."

나는 한숨을 내쉬며 말했다.

"너 인마."

"……역시. 걱정 마, 이 연애편지는 꼭 전해줄게!"

아무래도 내 말을 귀 기울여 들을 계제가 아닌 듯해서 고개를 절레절레 흔들며 돌아섰다. 그래, 유중혁. 모든 건 너에게 맡긴다.

다음 순간, 머릿속에서 간접 메시지가 폭발했다.

[상당수의 성좌가 필터링된 메시지의 정체에 큰 충격을 받습니다.]

[성좌, '긴고아의 죄수'가 당신의 취향을 존중합니다.]

[성좌, '악마 같은 불의 심판자'가 당신들의 전우애를 좋아합니다.]

[성좌, '은밀한 모략가'가 어이없어합니다.]

[600코인을 후원받았습니다.]

……젠장, 멍청이가 또 있었군.

어쨌든 유중혁에게 전해야 할 것은 전했다.

나는 내려가는 발걸음을 서둘렀다.

유중혁이 잠자는 숲속의 왕자님을 찍을 동안, 놈이 가져야 했던 이득을 대신 취하려면 시간이 부족했다.

5

극장에서 내려온 후, 나는 이현성과 유상아를 데리고 곧장 명동역으로 향했다. 동묘앞역도 중요하지만 먼저 처리해야 할 일이 있었다.

명동역 대표를 죽여 깃발을 빼앗았으니 서둘러 빈 역을 점거해야 했다. 이현성이 걱정스럽다는 듯 말했다.

"이 인원으로 가도 괜찮겠습니까?"

"싸우러 가는 게 아니라 처우를 결정하러 가는 겁니다. 그대로 내버려두면 그 사람들은 곧 죽어요."

그룹을 잃은 '방랑자'는 어지간히 운이 좋지 않은 이상 다른 그룹의 먹잇감이 된다. 충무로역을 떠난 건물주 연합원이 그랬던 것처럼.

그런데 명동역에 도착한 우리는 뜻밖의 광경과 마주했다.

명동역 사람들은 이미 누군가에게 당한 직후였다. 그것도 아주 처참하게.

명동역 깃발 꽂이 근처를 서성이던 특공복 사내들이 나를 보았다. 사내들은 화들짝 놀라며 회현 쪽으로 빠르게 달아났다. 역시나 바이크가 있어서 쫓기는 쉽지 않아 보였다. 마치 내가 올 줄 알고 있었다는 듯한 움직임. 이상한 점이 한둘이 아니었다. 이현성이 물었다.

"저 사람들은 누구죠? 어떻게 된 걸까요?"

"저도 모르겠습니다."

"독자 씨도 모르는 일이라니……."

이현성이 긴장한 듯 침을 삼켰다. 불행 중 다행으로, 명동역 깃발 꽂이는 비어 있었다.

[현재 '명동역'을 점거한 그룹이 없습니다.]

[역을 점거하시겠습니까?]

나는 등에 메고 있던 깃발을 꽂았다가 뽑았다. 그러자 그 자리에 똑같은 형상의 깃발이 나타났다.

['명동역'을 점거했습니다.]

[한번 점거한 역은, '본진' 또는 깃발을 빼앗기지 않는 한 권리가 유지됩니다.]

[현재 점거지: 충무로(본진), 명동]

['붉은색 깃발'의 공적치가 상승합니다.]

깃발의 붉은색이 더 진해졌다.

[새로운 역을 점거하여 당신의 세력이 확장됐습니다.]

[히든 시나리오가 도착했습니다!]

['왕의 길'이 시작됩니다!]

〈히든 시나리오 - 왕의 길〉

분류: 히든

난이도: A

클리어 조건: 기간 안에 10개 이상의 역을 점거하시오.

제한 시간: 10일

보상: '왕'의 특성 개화

실패 시: 그룹 대표 및 그룹원 전원 사망

* 하루에 1개 이상의 역을 점거하지 못할 시에도 전원 사망

드디어 끔찍한 히든 시나리오가 도착하셨다. 한번 이 퀘스트를 시작한 이상 이제 돌이킬 수 없다. '왕'의 운명은 어차피

둘 중 하나이다. 왕이 되거나, 죽거나.

[새로운 '왕' 후보가 자신의 길을 걷기 시작했습니다!]

지금부터가 본격적인 '깃발 쟁탈'이다.

¤ ¤ ¤

충무로역으로 돌아온 뒤, 일행들을 불러 모아 내가 받은 히든 시나리오에 관해 이야기해주었다. 정희원은 흥미롭다는 표정이었고, 이현성은 착잡한 눈빛이었다. 그리고 유상아는 늘 그랬듯 걱정스러운 얼굴이었다.

"너무 어려운 시나리오 같은데…… 독자 씨, 괜찮으시겠어요?"

"괜찮습니다."

천사인 건지 바보인 건지. 이런 상황에서도 내가 히든 시나리오를 받았다고 부러워하기는커녕 진심으로 걱정하고 있다. 이현성이 말했다.

"그래도 독자 씨가 왕 후보라 다행이란 생각이 듭니다."

"고맙습니다."

"혹시…… 앞으로 폐하라고 불러야 할까요?"

이현성이 진지하게 물어서 내가 손사래를 쳤다.

"……농담이시죠? 그런 걸 바랄 턱이……."

"어이구 폐하, 히든 시나리오 내용이 맞는다면 지금 당장 새로운 역을 점거하러 가야 할 것 같은데요? 모쪼록 신하들의 목숨을 생각하신다면."

정희원의 말에, 나는 쓴웃음을 지으며 대답했다.

"일단 우릴 공격한 놈들에 대해 좀 알아봐야 할 것 같습니다. 동묘앞역까지 직행할 테니 정희원 씨랑 이현성 씨가 함께 가주시겠어요?"

내 말에 유상아가 조그맣게 손을 들었다.

"그럼 저는……."

"유상아 씨는 이곳에 남아주세요."

"아, 네. 역시…… 그러는 편이, 더……."

유상아의 풀 죽은 목소리를 듣고 나니, 아차 싶었다.

아마도 유상아는 자신의 쓸모에 대해 생각할 것이다. 정희원처럼 공격력이 강하지도 않고, 이현성처럼 체력이 높지도 않으니까. 게다가 길영이처럼 강력한 한 방이 있는 것도 아니다.

"유상아 씨."

"……네?"

유상아의 모든 '스펙'은 새로운 세계에서 전부 무용지물이 되었다. 하지만 그녀는 누군가를 질투하기에는 너무 선했다. 그러니 열등감은 속에서 조용히 곪아가고 있을 것이다.

"모두 같은 일을 잘할 수는 없습니다."

"네, 알아요."

유상아가 힘없이 웃었다. 나는 최대한 훈계하는 느낌이 들지 않도록 조심스레 말했다.

"지하철에서 한 말 아직 기억하십니까? 독자에겐 독자의 삶이, 그리고 상아에겐……."

"상아의 삶이 있어요. 네, 기억해요. 스마트폰 메모장에도 적어뒀는걸요."

대체 그딴 걸 왜 메모장에 적어놨냐고 묻고 싶지만, 역시 그게 유상아겠지. 저 의기양양한 얼굴이라니…… 아무튼 미워할 수가 없는 사람이다. 나는 가볍게 한숨을 내쉬며 말을 이었다.

"유상아 씨는 여기서 해야 할 일들이 있습니다. 기절한 길영이도 저대로 둘 수는 없고요. 혹시나 공필두가 다른 짓을 할지 모르니 감시할 사람도 필요하고, 불안해하는 그룹원을 통솔할 사람도 필요합니다."

유상아의 눈빛이 흔들렸다.

"게다가 회현 쪽 세력도 견제해야 합니다. 저희가 자리를 비운 사이에 놈들이 급습할 수 있으니까요. 공필두가 있지만, 경우에 따라서는 유상아 씨의 [실 묶기]가 필요할 수 있습니다."

뭔가 생각하던 유상아가 비장한 얼굴로 고개를 끄덕였다.

"알겠어요, 지금 당장 제가 할 수 있는 게 그것뿐이니—"

"그런 의미에서 유상아 씨에게 직위를 하나 드릴까 합니다만, 다른 분들 생각은 어떠십니까?"

"네?"

잠시 생각하던 이현성과 정희원이 고개를 끄덕였다.

"좋습니다. 유상아 씨라면 믿을 수 있습니다."

"왕이시여…… 원하신다면 그렇게 하소서……."

나는 정희원을 잠시 노려보다가 고개를 절레절레 흔들었다.

[대표의 고유 권한을 사용합니다.]

[충무로역 대표 '김독자'가 그룹원 '유상아'에게 권한의 일부를 양도했습니다.]

[그룹원 '유상아'가 충무로역 '부대표'가 됐습니다.]

[앞으로 그룹원 '유상아'는 대표를 대신해 그룹원에게 '징벌'을 내릴 수 있습니다.]

나를 얼떨떨하게 보던 유상아가 더듬더듬 말했다.

"저기, 제가 이런 직위를 받아도……."

"유상아 씨니까 맡기는 겁니다."

진심이었다. 다시 말하지만, 모두 같은 일을 잘할 수는 없다. 그리고 내가 기억하는 유상아라면 분명 이 일을 잘 해낼 것이다.

내가 겪은 바에 따르면, 유상아는 단순히 '모두 선망하는 예쁘고 순수한 인사팀 직원'은 아니었다. 애초에 그런 인물은 세상에 존재하지 않는다. 소설 속에나 있는 '등장인물'이니까. 그리고 유상아는 [등장인물 일람]이 증명하듯 소설 속 등장인물이 아니었다.

얼마나 지났을까. 유상아가 천천히 고개를 들었다.

"저, 최선을 다해볼게요."

깊은 결의가 어린 눈동자. 언젠가의 내가 기억하던 바로 그 유상아의 눈빛이었다.

"믿겠습니다."

✿ ✿ ✿

우리는 곧장 동역사역 쪽 터널로 향했다.

동묘앞역까지는 앞으로 세 정거장. 우리는 기절한 강일훈을 데리고 움직이기로 했다. 솔직히 데리고 가는 것 자체가 짐이지만, 그래도 놈들을 특정하려면 이 녀석이 필요했다. 문득 멀어지는 충무로역을 돌아보니 유상아의 목소리가 들려왔다.

"여러분, 잠깐 모여주세요!"

역시 유상아는 안 보이는 곳에서 더 열심히 하는 스타일이다. 벌써 인원 편성을 끝냈는지 사람들이 웅성거리며 지시를 하달받는 소리가 들렸다. 보초도 세우고, 각 분야 담당도 꾸리고. 아무래도 건물주들이다 보니 유상아 말을 안 듣는 꼰대도 있겠지만…….

[충무로역 부대표 '유상아'가 '징벌'을 사용했습니다.]

들려오는 누군가의 처절한 비명…… 괜찮겠지? 그래, 괜찮을 거야.

내 표정을 보던 정희원이 말했다.

"잘하셨어요. 안 그래도 유상아 씨 조금 침울해 보였는데."

"딱히 유상아 씨 기분을 고려한 선택은 아닙니다. 제가 아는 유상아 씨라면 정말 잘 해낼 거라 생각했을 뿐이죠."

"아, 그래요? 그럼 나한테도 직위 하나 주세요. 어울릴 만한 거로."

"망나니는 어떻습니까?"

"……됐어요."

정희원이 투덜거리며 고개를 돌렸다.

"근데 옥상에 있던 양아치, 그냥 두고 와도 괜찮아요?"

"유중혁 말입니까?"

"그 비슷한 이름이었던 것 같네요."

"괜찮을 겁니다."

"엄청 잘 아는 것처럼 말하네요? 무슨 사이예요?"

"그건……."

나는 잠시 생각하다가 물었다.

"희원 씨, 혹시 동생 있습니까?"

"……네. 왜요?"

"남동생? 아님 여동생?"

"남동생이요."

"몇 살인데요?"

"올해로 중1이던가……."

"동생 있으면 어때요?"

"짜증 나죠. 귀찮고, 걸핏하면 대들고…… 학교에서 사고 치

는 바람에 엄마 대신 간 적도 있고…….'

한참이나 동생 욕을 하던 정희원의 말소리가 잦아들었다. 허공 어딘가를 응시하는 정희원을 보며 물었다.

"그래도 지금은 걱정되죠?"

"뭐…… 어쨌든 가족이니까요."

"저도 비슷해요."

"독자 씨도 동생이 있어요?"

"아뇨, 유중혁 얘깁니다."

"네? 아…….'

잠시 생각하던 정희원이 한 박자 늦게 고개를 끄덕였다.

"그렇게 말하는 거 보면, 사실은 그 사람을 그리 싫어하지 않는 모양이네요."

"아뇨, 싫어요. 그 자식 때문에 여러 사람이랑 싸웠거든요."

멸살법의 초반부가 연재되던 시절만 해도, 독자가 나만 있는 것은 아니었다. 초반 10화까지는 호기심 때문인지 사람들이 꽤 따라왔고, 50화까지도 열두 명이나 함께했다.

그 시절에는 나도 김남운 못지않은 녀석이었는데…… 그때 나랑 댓글로 싸운 녀석들은 잘 있으려나 모르겠다. 어쩌면 내가 지금 잡으러 가는 녀석이 그중 하나일지도 모른다.

"두 분, 많이 친해지신 것 같습니다."

이현성의 말에 문득 정희원과 너무 붙어서 걷고 있었다는 것을 깨달았다. 정희원이 피식 웃으며 물었다.

"왜요, 군인 아저씨. 부러워요?"

"흠흠. 딱히 그런 게 아니라……."

그러고 보면 이현성 설정이 남중 남고 공대 군대 테크였나? 새삼 설정값을 떠올리니 이현성이 불쌍해진다.

"동역사에 도착한 것 같아서 드리는 말씀입니다."

멀리서 동역사역의 플랫폼이 보이기 시작했다. 우리는 긴장하며 터널 벽에 붙어 조금씩 안쪽을 정탐했다. 병력이 매복해 있을 상황에 대비해서였다. 하지만 무의미한 우려였다. 정희원이 말했다.

"이상하네요. 보초 하나 없고."

'깃발 쟁탈전'이 진행 중인데 보초가 없다는 것은, 이미 이 역이 다른 그룹에 먹혔다는 뜻이었다. 인기척이 없음을 확인한 우리는 곧바로 동역사역의 깃발 꽂이를 향해 다가갔다.

[해당 역은 이미 '동묘앞역'에 의해 점거 중입니다.]
[해당 역을 차지하고 싶다면, '동묘앞역'의 깃발을 빼앗거나 깃발 꽂이를 먼저 점거하십시오.]

역시나. 그때 갑자기 기절해 있던 강일훈이 몸을 꿈틀거렸다. 부들부들 떨기까지 하기에 또 발작이 시작되었나 싶었는데, 상태가 조금 이상했다. 입을 막은 실타래를 풀어주었더니 강일훈이 소리쳤다.

"아, 안 돼!"

"갑자기 뭐야?"

"도, 동대문…… 동대문역이……!"

말을 더듬는 강일훈의 입에서 주룩주룩 침이 흘러내렸다. 설마 하는 느낌에 그의 어깨에 손을 가져다댔다. 그러자.

[등장인물 '강일훈'은 현재 '방랑자' 상태입니다.]

방금 전까지 분명 '동대문역'이었던 강일훈의 소속이 달라져 있었다. 정희원이 물었다.

"무슨 일이에요?"

"아무래도 동대문역이 점거당한 것 같습니다."

"……예?"

갑자기 모든 게 이해되었다.

그런가. 정보를 흘린 놈들은 처음부터 이럴 속셈이었구나.

"……이중 트랩이었군."

명동 그룹과 동대문 그룹을 부추겨 충무로역을 치게 만든 놈들은, 처음부터 두 그룹이 충무로에서 죽을 것을 알고 있었다. 그리고 주 전력이 빠진 사이, 명동역과 동대문역을 차지하려 흉계를 꾸민 것이다. 아마 명동역에서 만난 정체불명의 특공복도 그중 하나겠지.

하지만 어떻게 우리가 이길 줄 알았을까? 내 존재를 알고 있었을 리 없는데? 본래 3회차에서 충무로역 대표는…….

……아, 그렇군. 이 개자식들이. 그걸 노린 거였나?

이걸로 확실해졌다.

이 계획을 짠 〈선지자들〉이란 녀석들은, 틀림없이······.

이현성이 반응한 것은 그때였다.

"사람들이 옵니다."

동대문역으로 향하는 터널에서 한 무리의 사람이 다가오고 있었다. 겉으로 보기에도 상당한 수준의 병장기를 갖춘 무리였다.

평균 C급 이상은 되어 보이는 아이템들. 일반 업적 달성만으로 벌써 저 정도 무장을 갖추기란 쉽지 않을 텐데, 심상치 않은 전력이었다.

무리 중심에 있던 사내가 우리를 향해 먼저 말을 걸었다. 호리호리한 체격에, 팔과 목에 온갖 종류의 아이템을 두른 사내.

"엇, 강일훈 씨? 이런, 쓸데없는 걸 주렁주렁 달고 오셨군요."

부들부들 몸을 떨던 강일훈이 그대로 거품을 물고 기절했다. 그렇다면 혹시 저 녀석이?

[전용 스킬, '등장인물 일람'을 발동합니다!]

잠시 후 놀라운 메시지가 들려왔다.

[해당 인물의 정보는 '등장인물 일람'으로 열람할 수 없습니다.]
['등장인물 일람'에 등록되지 않은 인물입니다.]

이것 봐라?

사내의 시선이 우리를 향했다.

"그쪽 분들은 자기소개를 하실 건가? 아니면⋯⋯."

그 말에 무리가 일제히 병장기를 꺼냈다. 내가 앞장서서 대답했다.

"우린 충무로역에서 왔다."

"충무로?"

그 순간, 파지직― 하고 허공에서 스파크가 튀었다.

[누군가가 당신에게 '특성 탐색'을 사용합니다.]

[전용 스킬, '제4의 벽'이 '특성 탐색'을 차단합니다.]

정신적 충격을 받은 듯 사내가 일순 몸을 휘청했다.

잠시 머뭇거리던 사내가 당황한 눈빛으로 내게 물었다.

"⋯⋯죄송하지만, 성함이 어떻게 되십니까?"

나는 정희원을 한 번 보고, 이현성을 한 번 보았다. 그러고는 씩 웃으며 사내를 향해 입을 열었다. 내가 아는, 가장 냉엄하고 무거운 목소리로.

"나는 유중혁이다."

[PART 1 - 03에서 계속]

전지적 독자 시점

Omniscient
Reader's
Viewpoint

전지적 독자 시점 PART 1-02

1판 1쇄 발행 2022년 1월 20일 **1판 8쇄 발행** 2024년 4월 27일
지은이 싱숑
펴낸이 박강휘
편집 박정선, 박규민 **디자인** 홍세연, 윤석진

발행처 김영사
주소 경기도 파주시 문발로 197(문발동) 우편번호10881
등록 1979년 5월 17일(제406-2003-036호)
주문 및 문의 전화 031)955-3200 **팩스** 031)955-3111
편집부 전화 02)3668-3291 **팩스** 02)745-4827 **전자우편** literature@gimmyoung.com
비채 블로그 blog.naver.com/viche_books **인스타그램** @drviche, @viche_editors
트위터 @vichebook
ISBN 978-89-349-6732-3 04810 책값은 뒤표지에 있습니다.

비채는 김영사의 문학 브랜드입니다.